異世界でチート能力《スキル》を手にした俺は、現実世界をも無双する10
～レベルアップは人生を変えた～

美紅

ファンタジア文庫

3188

口絵・本文イラスト　桑島黎音

異世界でチート能力《スキル》を手にした俺は、現実世界をも無双する10
～レベルアップは人生を変えた～
I got a cheat ability in a different world, and became extraordinary even in the real world.10
Miku illustration:Rein Kuwashima

プロローグ

――昔々、あるところに、一人の赤子が生まれた。

ゼノヴィスと名付けられたその子はごく普通の農家の息子として誕生し、両親からの愛情を一身に受けて育った。

しかし、そんな普通の家庭に生まれたその少年は、この世界『アルジェーナ』において、もっとも普通から遠かった。

異常さの片鱗《へんりん》が見えたのは、少年が五歳の時。

今まで普通に村の子供たちと同じように野山を駆け回っていた少年は、気が付くと一人で木の棒を手に、素振りをしていた。

子供が騎士に憧れてただ木の棒を振り回しているだけだと、誰もがそう思っていた。

だが……少年が素振りに飽きることはなかった。

そして、少年が素振りを始めて一週間。

なんと、ただの木の棒で森の木を切り倒したのだ。

最初は少年がその木を倒したとは誰も思わなかった。

そもそも子供が木を切り倒すなど不可能であり、さらに木の切り口が、明らかに鋭い剣で切られたように滑らかだったからだ。

少年は木の棒を振ってはいても、剣を振ったことは一度もない。

だからこそ、村の大人たちはこの事件を不思議な出来事の一つとして処理しようとした。

しかし、そこから二日、三日と続いて森の木が切り倒されると、これは普通のことではないと、村で騒ぎになる。

そこで誰が木を切り倒しているのか、村の大人たちが調べようとすると、いつも通り素振りに出かける少年の姿が。

そしてその少年の後を追うと……少年は木の棒で、山を斬った。

なんと少年は、木の棒で木を切り倒すのに飽き、ついに山を一刀両断してしまったのだ。

あまりにも現実離れした光景に、村で少年は不気味な存在として扱われるようになった。

だが、少年の両親は変わらず彼に愛情を注いだ。

そのことが彼にいい影響を与えた。

少年の異常すぎる才能を知った両親は、少年がしたいことをできる限り叶《かな》えようと考えるようになった。

それは青年が暮らす星、アルジェーナですら、分からない。

まさに人類の異端である。

魔法学校を卒業後、すでにできないことがなかった彼は、世界を旅してまわることに。

その中で、暴れまわる創世竜《そうせいりゅう》を殴り飛ばしたり、あらゆる武術を極めた結果、すべての『聖《せい》』の称号を得て、一人で『邪《じゃ》』の王を倒したり。

そんな物騒な話ばかりかと思えば、亡国の姫君を助けたり、とある子供の願いを叶えるために、たった一人で国を相手に戦ったり。

まさに彼が歩んだ道こそが伝説だった。

彼の伝説はどんどん拡大していく。

そして、いつしか……人は彼を『賢者』と呼ぶようになる。

だが、そんな彼の晩年を知る者は、誰もいない。

ただそこに、伝説を打ち立てた『賢者』という存在がいたこと以外、歴史には残っていないのだ。

神々と相打ちになった、空の果てへと旅立った、等々……彼の最期《さいご》については、様々な憶測が飛び交っている。

多くの研究者たちが『賢者』の痕跡から、その最期を予測しようとした。

しかし、彼が普通の存在ではないと考えている限り、人々が彼の最期を知ることはできないだろう。

彼はただ、人として、死にたかったのだ。

――誰よりも異常だったからこそ、誰よりも普通を求めていたことを、誰も知ることはなかった。

＊＊＊

これは、そんな賢者が生きていたころの話。

――【竜谷】。

険しい山々に囲まれ、あらゆる竜種が生息している谷である。

そこでは常に竜種たちが縄張り争いを繰り広げており、並みの魔物ではその土地に足を踏み入れることさえできない。

なぜなら、竜種の放つ強力な魔力の波動により、近づくことすらできないからだ。

だからこそ、【竜谷】では竜同士で食物連鎖が完成しているのである。

その危険度は【大魔境《だいまきょう》】に匹敵するほど。

【大魔境】では多種多様な魔物による生態系の争いが繰り広げられているのに対し、ここでは数こそ少ないが、魔物の頂点ともいえる竜たちが常に戦闘をしているのだ。

そんな土地で育った竜たちは、他の土地に生息する竜に比べ、圧倒的な力を誇る。

もしこの【竜谷】から一体でも竜が解き放たれれば、瞬時にいくつかの国が滅ぶだろう。

しかし、竜たちは【竜谷】から出ることはない。

なぜなら、たった一体の竜によって、谷を出ることを禁じられていたからである。

その竜は、谷の最深部にて、静かに目を閉じていた。

『……』

夕焼け色に輝く鱗《うろこ》に、鋭い爪。

その大きさは、後にオーマと名付けられる『創世竜』の姿と比べても、全く遜色がなかった。

『……ここまでか』

夕焼け色の竜は、小さく呟《つぶや》く。

その声音はどこか空虚さを感じさせた。

『長年、ヤツとともにこの世を見守ってきたが……何も変わらない。人類はただ、腐敗している』

誰に聞かせるわけでもなく、竜は淡々と続ける。

『人類こそ、害悪だ。この星を自らのものだと主張し、争いを繰り広げる。そこに生まれる負の連鎖を、ヤツらは断ち切らなかった……！』

竜の瞳に激しい怒りが灯《とも》った。

『ヤツらがいるから、この星の均衡が崩れるのだ！　この星を、平穏な場所にするためにも、人類は存在してはならない！』

激情と共に吐き出された声は、谷を大きく震わせる。

その竜の声を聞くと、普段は縄張り争いをしている他の竜種たちですら、恐怖から息を潜めるほどだった。

『我は……この世界、アルジェーナのためにも、人類を滅ぼさねばならぬ！　だが……』

竜は言葉を区切ると、忌々《いまいま》しそうな表情を浮かべた。

『……今の我では、ヤツを倒すことはできん。【邪】と手を組んだとしても不可能だろう。ならば……』

すると、竜の体から魔力とは違う、不思議なオーラが立ち上る。

そのオーラを冷静に見つめると、竜は小さく呟いた。

『ふん……これが上の次元に住む連中の力か……』

そのオーラは、この星の力ではなく、優夜《ゆうや》の知る『聖』や『邪』の力とも異なった。

『上の連中に降《くだ》るのは癪《しゃく》だが……これも確実にこの星を救うためだ』

竜は静かに野心を燃やすと、自分に言い聞かせた。

『もっと……この力を体に馴染《なじ》ませねば……そして必ず、【賢者】を――――！』

己の野望のため、巨大な竜は来《きた》る時に備え、【竜谷】で力を蓄え続けるのだった。

＊＊＊

そして遥《はる》かなる時が流れ、優夜たちが生きる時代。

「ここが【大魔境】か……」

邪教団の教祖である男は、目の前に広がる森を見つめていた。

その後ろには、彼に付き従う邪教団の信徒たちが列をなしている。

というのも、彼らが【大魔境】を訪れたのは、ここに住んでいるという優夜を捜すためだった。

だが……。

「ぬぅ……」

いざ【大魔境】を前にすると、教祖は第一歩を踏み出せなくなった。

それほどまでに【大魔境】からは強大な気配が漂っていたのだ。

「教祖様！　なぜ立ち止まるのです⁉　もはや敵は目前！」

「そうです！　さあ、早く進みましょう！」

「あ、おい！」

そんな教祖にしびれを切らした数人の信徒は、躊躇《ちゅうちょ》なく【大魔境】に足を踏み入れる。

すぐに教祖は止めようとするも……それは叶《かな》わなかった。

「か――――」

「……え？」

一瞬だった。

【大魔境】の地に踏み込んだ瞬間、一人の信徒の上半身が消えた。

残された下半身からは激しく血が噴き上がり、そのまま倒れる。

何が起きたのか分からないまま、仲間が死んだことで、同じく足を踏み入れた信徒は立ち止まってしまった。

「おい！　早く逃げろ！」

教祖が必死に声を上げるも、その思いも空《むな》しく、再び別の信徒の体が消えたのだ。

ここにきてようやく自分たちがとんでもない場所に立ち入ったと理解した信徒たちは、悲鳴を上げた。

「う、うわあああああああ！」

「い、嫌だ！　死にたく――――」

――そこからは殺戮《さつりく》の嵐だった。

教祖の制止を聞かず、【大魔境】に踏み入った信徒たちは、何も分からないまま死んでいったのだ。

「な、何が起きたというんですか……？」

今まさに、仲間が瞬殺された光景を目《ま》の当たりにした信徒の一人が、絞り出すようにそう呟く。

すると、教祖は険しい表情のまま、指をさした。

「……アレだ」

「え⁉」

教祖の示した先には、一見何の変哲もない一本の木が生えていた。

だが、その木の枝に垂れ下がっていた蔓《つる》が、赤黒く染まっていることに気づく。

「【アサシン・ツリー】……A級の魔物だ」

「そ、そんな魔物が……」

「……元々ここに生息する魔物たちが、【大魔境】から出ることはない。これは【大魔境】が魔物たちにとって理想的な、魔力にあふれた土地だからだ。だが、そんな理想の土地で生きていくには力がいる。その結果、ここの魔物たちは独自の進化を遂げ、食欲や性欲を最小限にし、代わりに凶暴性と戦闘欲を獲得した。そして、あの【アサシン・ツリー】もまた、この土地に合わせた進化を遂げたのだ。数が少ないことが唯一の救いだが、この土地の生存競争に敗れ、逃げる魔物はすべて、アイツの餌食《えじき》になる……。いいか、【大魔境】にはそんな化け物たちが跋扈《ばっこ》していることを忘れるな」

「うっ……」

教祖の説明を受け、信徒たちは委縮してしまう。

しかし――。

「信徒たちよ！　恐れるな！　我が神の復活のためにも、我々はこの先にいる神敵のもとへ向かわねばならん！　散っていった同胞たちのためにも、我らは進み続けねばならない！　この過酷な試練を乗り越えた先に、我らの未来が待っているのだ！」

教祖による言葉を受け、委縮していた信徒たちの目に、再び光が宿る。

その光はどこか仄暗《ほのぐら》く、狂信的だった。

「さあ、行くぞ！　神敵、テンジョウ・ユウヤはすぐそこだ！」

『おおおおおお！』

邪教団の面々は雄たけびを上げると、ついに【大魔境】に足を踏み入れるのだった。

＊＊＊

――一方、そのころ地球にて。

宇宙での激闘から数日が経過したころ。

俺……天上《てんじょう》優夜は、忙しい日々を乗り越え、ようやく休日を満喫することができていた。

実際は異世界に討伐すべき邪獣《じゃじゅう》たちが残っているのだが、イリスさんたちが別れ際《ぎわ》に休むようにと命令してきたのだ。邪獣の討伐を手伝った方がいいと思ったのだが、オーディスさんもアヴィスとの戦いに何もできなかった分を取り戻させてほしいとのことだ。

それにしても……今までの夏休みとは違い、今回は本当に色々なことがありすぎて、休みという感覚があんまりなかったな……。

思いっきり遊んだ思い出といえば、佳織《かおり》たちと海に行ったことと、美羽《みう》さんと夏祭りに行ったことくらいだろう。いや、レクシアさんたちを連れて地球を観光したのも、遊んだことになるのか……？

休みという感覚こそあまり実感できなかったが、今までとは違って、友達と遊ぶことができたのは本当に嬉《うれ》しかった。

そんなわけで、今までの疲れを癒《いや》すように、俺は家の中でナイトたちとゴロゴロしていた。

「そんな夏休みもあと少しで終わりかー」

「わふ？」

俺の独り言にナイトが不思議そうに首をかしげる。

夏休みが終わるまで一週間を切っていたが、宿題は休みに入ってすぐに終わらせていたので、慌てて何かをする必要はない。

とはいえ、登校日に慌てないように、しっかり準備しておくべきだが……。

「あ！　そうだ！」

「ふご⁉」

「ぴ？」

あることを思い出した俺が、急に声を上げると、隣で寝転がっていたアカツキが驚いて飛び起き、咎《とが》めるような視線を向けてくる。

「ご、ごめんよ」

『騒々しいな。一体どうしたというんだ？』

アカツキたちに謝っていると、同じように寝ていたオーマさんが、欠伸《あくび》をしながらそう聞いてくる。

「その、夏休みがもうすぐ終わるんですけど、異世界に残ったままの神楽坂《かぐらざか》さんを呼びに行かなきゃと思って……」

そう、未《いま》だに異世界に残っている神楽坂さんに声を掛ける必要があるのだ。

というか、俺の感覚で今まで放置してたけど……だ、大丈夫かな？　学校ごとに夏休みの終わる日にちとか違うかもしれないし……。

「ど、どうしよう？　い、いや、悩む前に、とにかく伝えに行かないと！」

『フン、それじゃあ今日は向こうの世界に出かけるのだな?』

「わふ!」

「ふご」

「ぴ!」

ナイトたちも俺の言葉に合わせて起き上がると、すぐに異世界に向かう準備をする。

ユティに一言声を掛けていくべきなのだが、ユティは学校の友達の家に遊びに行っているので、この場にはいなかった。順調に学校に馴染めているようで安心だ。

「とりあえず、神楽坂さんがいるレガル国に行こう!」

俺は【異世界への扉】をくぐると、そのままそこから転移魔法でレガル国まで移動するのだった。

＊＊＊

「着いたのはいいけど、どうしたらいいんだろう?」

無事、レガル国に到着した俺だったが、いざ神楽坂さんに会うとなると、その手段に悩まされていた。

というのも、神楽坂さんはレガル国に大事なお客さんとして扱われているので、王城にいるということは予想がつくが、その王城に直接向かってもいいのかどうかが分からなかったのだ。

前回はレクシアさんたちと一緒にいたので、特に問題なかったが、今回は俺一人なのだ。

俺という身分を保証してくれる人間が誰もいないので、王城にすんなり入れるのかどうか……。

もし兵士の誰かが俺のことを覚えてくれていればいいけど、さすがに……。

そんなことを考えていると、オーマさんが呆《あき》れた様子で俺を見てくる。

『なんだ、何も考えてなかったのか？』

「うっ……」

『まあいい。そこまで気にする必要もないだろう。邪魔をするなら力ずくで押し入るだけだ』

「それはダメだよ⁉」

オーマさんの感覚ならそうなのかもしれないが、さすがに俺はそんなことできない。

本気でどうすべきか、王城近くでうろうろしながら考えていると、不意に声を掛けられた。

「……アンタ、何してんのよ？」

「え？　……って、神楽坂さん！」

声の主は、なんと俺の捜していた神楽坂さんだったのだ。

まさかいきなり本人に会えるとは思っていなかったので驚いていると、神楽坂さんはあきれた様子で続ける。

「そんな風にうろうろしてたら、不審者だと思われるわよ？」

「あ……」

色々と焦《あせ》りに焦って、何の準備もしていなかったため、こうして手際《てぎわ》の悪い俺は、はたから見れば確かに不審者だろう。本当にもっとちゃんと事前にどうするか決めておくべきだった……。

「まあいいわ。それで、どうしたのよ？」

「あ、えっと……俺の学校はそろそろ夏休みが終わるんだけど、神楽坂さんももうすぐ学校が始まるんじゃないかと思って……」

「あ」

神楽坂さんは完璧に学校のことを忘れていたのか、俺の言葉に驚いていた。

「わ、忘れてた……最近は邪獣を倒すので忙しかったし……かといって、このままここに残り続けるのも色々問題が……」

神楽坂さんはその場で何やら考え始めるも、再び俺に視線を向けた。

「……とりあえず、分かったわ。でもせっかくだし、もう夏休みも終わるんだから、最後にこの国を観光してみない？　案内するわよ？」

「え、いいんですか？」

確かにせっかくこのレガル国を訪れているのに、ちゃんとした観光を一度もしていなかった。

幸い、ここで神楽坂さんに出会えたし、あとはオルギス様に神楽坂さんのことを話しに行くだけなので、時間はあった。

なので、俺としても観光は願ったり叶ったりだが……。

「別にいいわよ。私も最後にもう一度見て回りたかったし」

「そ、それじゃあ……お願いします」

こうして俺は、神楽坂さんにレガル国を案内してもらえることになったのだった。

いざ街を見て回ると、まだアヴィスやクアロの襲撃によるダメージは回復しておらず、復興の途上である様子が見えた。

ただ、そんな中でもこの国の人たちは力強く、元気に活動している。

「いらっしゃい、いらっしゃい！　今日はいい肉が入ったよ！」

「お土産にうちの商品はどうですかー？」

「活気にあふれてますね……」

「そうね。ここで暮らしててまず感じたのは、地球での暮らしに比べて、皆《みんな》元気ってことかしら？　それに……あそこを見て」

「あ！」

神楽坂さんが示した先に視線を向けると、そこには魔法を操って家を建てている人たちの姿が。

「この国って、魔法大国と呼ばれるほど魔法と生活が密接に関係しているから、色々なところで魔法が見られて面白いわよ？」

「なるほど……」

神楽坂さんの言う通り、意識して周りを見てみると、人々はごく自然に生活の中で魔法を使用していたのだ。

アルセリア王国でも同じように、国民が魔法を使って生活しているんだろうけど、それ以上に魔法をうまく使っているように見える。

「あれなんて特にすごいんじゃない？」

「おお！」

　そこで目にしたのは、一人の男性が水の球をいくつも浮かべ、その中を魚が泳いでいる様子だった。

「あれがこの国の鮮魚店らしいわよ。ああやって魔法で水を生《い》け簀《す》みたいにして、魚を運ぶんですって」

「す、すごい……」

　鮮魚店の形態もすごいが、そこで魚を購入した主婦らしき人物もまた、魔法で小さめの水の球を浮かべ、そこに買った魚を入れて持ち帰っていた。

「ライラ王女から聞いた話だと、こうやって生活に密着したオリジナル魔法が、この国には多いんですって」

「オリジナル魔法か……」

　賢者さんの知識だと、魔法はイメージがあれば詠唱も属性も必要ないらしいが、以前ライラ様と会話した感じだと、そこらへんの縛りはありつつ、独自の魔法として生み出されたものがたくさんあるのだろう。

　だからこそ、人によっては水属性が使えなくて、さっきの主婦のように、生きたまま魚を買って帰ることができない人もいるはずだ。

まあこの感じだと、魔法を使った宅配業者もいそうだけど。

その他にもこの国ならではの食事を屋台で食べたり、神楽坂さんに色々と街を案内してもらったりすることができた。

すると……。

「おや、聖女様《せいじょ》じゃないか！　って……その色男、もしかして聖女様のコレかい？」

「ち、違いますよ！」

「聖女様！　今日は活《い》きのいいヤツが入ってるんで、よければ買って行ってくださいよ！」

「また後で買いに来ますね」

神楽坂さんに気づいた街の人たちが、次々と声をかけてきたのだ。

「神楽坂さん、とても人気者ですね」

「そうね……本当にありがたいことよ。最初はどうなるか分からなかったけど、この国の人たちは優しくしてくれたわ」

どうやらレガル国の人たちとはいい関係が築けているようで、俺としても安心した。

＊＊＊

ある程度観光が済んだところで、そろそろいい時間になってきたので、お城に向かうことに。

「そういえば、特に面会の約束とかしてなかったんですけど、大丈夫ですかね……？」

「まあ普通は無理なんでしょうけど、ありがたいことにこの国は私のことを大切に扱ってくれてるし、オルギス様も遠慮なく声をかけて大丈夫だとおっしゃっていたから。それに、前もってあっちの世界に帰ることも伝えてあるし……どちらにせよオルギス様に報告することに変わりはないから、このまま一緒に来てちょうだい」

ひとまず神楽坂《かぐらざか》さんについていく形で王城に入ると、神楽坂さんが言っていた通り、待遇は非常にいいようで、すぐにオルギス様と会えることになった。

しばらくの間、応接室のような場所で待っていると、オルギス様がやって来る。

「すまない、待たせた。それと、ユウヤ殿は久しぶりだな。それにお仲間の皆様も……」

『フン』

「は、はい！　すみません、突然お邪魔して……」

「何、気にするな。ユウヤ殿は我が国の恩人ではないか」

　そう言いながら朗らかに笑うオルギス様。

　確かにクアロやアヴィスの襲撃に対応したが、恩人とまで言われると、何とも言えない気持ちになるな……。

「そう言えば、レクシアさんたちは……」

「ああ、彼女たちならすでにアルセリア王国に帰国している。最近はマイ殿やイリス殿を含む『聖《せい》』たちのおかげで、邪獣《じゃじゅう》による被害も減ってきているのだ。そのほかにも色々な情報交換をしたのち、それを国に持ち帰ったのだ」

「なるほど……」

　俺が宇宙から帰って休んでいる間も、イリスさんたちは異世界で頑張ってたんだな……イリスさんとウサギ師匠から、俺は休んでいていいと言われたものの、今まで何もしてこなかったのが申し訳なくなってくる。

　軽く世間話をしたところで、オルギス様が聞いてきた。

「それで、一体どうしたのだ？」

「すみません、陛下。一度、お暇《ひま》をいただくことはできないでしょうか？」

「む？」

　神楽坂さんの言葉に、オルギス様は驚いた様子を見せる。

「もとより、我々の我儘《わがまま》でマイ殿には助けてもらっているのだ。だからこそ、我々にはマイ殿に何かを言う資格などない。それに、ユウヤ殿のおかげで『邪《じゃ》』の王も倒されたというし、今すぐマイ殿にやってもらいたいこともないのだ。ただ、休みをとって何をするつもりなのだ？」

「その、しばらくの間、元の世界に帰らせてもらえればと……」

「何⁉ あ、いや……そう言えば、ユウヤ殿は異世界と行ったり来たりできるとか……」

「は、はい。行き来することができるんです。それで、神楽坂さんや俺は、元の世界での生活もあるので……」

オルギス様はすでに俺が異世界人であること以外に、この世界と地球を自由に行き来できることも知っているみたいだ。レクシアさんか神楽坂さんが教えたのかな？

「事情は分かった。先ほども言ったが、マイ殿はこちらの都合で召喚したのだ。そちらの世界に帰れるのであれば、それは問題ない。邪獣の件も落ち着いてきたしな」

「すみません……」

「謝る必要はない。我々の方こそ、無関係な二人をここまで巻き込んでしまい、申し訳なかった。ユウヤ殿がいるから大丈夫だとは思うが、道中気を付けてな」

「ありがとうございます！」

ひとまず神楽坂さんが地球に戻ることを承諾してもらえて、一息ついていると、オルギス様が何かを思い出した様子を見せる。

「そうだ！　ユウヤ殿に一つ伝えておくことがあったのだ」

「え？」

「ユウヤ殿は邪教団という存在を知っているか？」

「邪教団……ですか？　初めて耳にしました」

聞きなれない単語に首をひねっていると、オルギス様が続ける。

「簡単に言えば『邪』を信仰している宗教なのだが、その信徒たちがどうもきな臭い動きをしていてな。何か問題が起きたわけではないが、一応心に留めておいてほしい」

「わ、分かりました」

『邪』を信仰してる人たちなんているんだな……。

何を考えているのか分からないが、あまり物騒なことにならなきゃいいなぁ。

そんなことを考えつつ話を終えると、俺と神楽坂さんは改めてオルギス様に挨拶をして、レガル国の王都を出た。

街を出てしばらく歩くと、神楽坂さんが口を開く。

「それで、アンタの家ってここからどれくらいかかるの？」

「あ、魔法で帰るので、すぐですよ」

「魔法で⁉」

転移魔法の存在を知らない神楽坂さんが驚く中、ひとまず周囲に人の気配がないことを確認すると、そのまま転移魔法を発動させ、賢者さんの家まで帰ってくる。

そして、扉をくぐり、地球に戻るのだった。

「はい、帰ってきましたよ」

「ほ、本当に一瞬で……」

「その、転移魔法のことは秘密にしてもらえると助かります」

「え？　どうして？」

「地球はもとより、異世界でも転移魔法というのは伝説上の魔法らしくて、俺がそれを使えるとなると色々と問題が……」

「いや、アンタの存在自体がすでにぶっ飛んでるのに、今更伝説がどうとか気にするの？」

そ、そう言われればそうかもしれないが、用心するに越したことはないだろう。

「まあいいわ。そういうことなら黙ってる。それよりも、急いで帰って学校の準備しなきゃ……」

「あ、すみません！　直接、神社の前まで転移しましょうか……？」

「そこまでしてもらわなくてもいいわ。帰り道に買い物もしたいし……とにかく、いつも気にかけてくれて、本当にありがとうね」

神楽坂さんはそう言うと、そのまま自宅である神社に向けて帰っていくのだった。

第一章　久しぶりの日常

「いよいよ明日、ですか……」

私――メルルは、宇宙船内で呟《つぶや》いた。

そんな私の手には、ユウヤさんが通う『王星学園《おうせい》』という教育機関の制服が。

「不思議ですね。以前、ユウヤさんに地球を案内してもらった際、この星のことは調べたので、学生服というものが存在しているのは知っていましたが……まさかこうして私が着ることになるとは……」

私が普段着ているスーツは、宇宙空間でも快適に過ごせるように作られており、装着者にとって、一番心地いい状態で体にフィットするようにできている。

しかも、私の左腕に装着されたデバイスを操作し、この地球上の服飾データを収集すれば、そのデータをもとに、私のスーツを地球に合わせた服飾へと変化させることも可能だ。

だが、今の私の手にあるのは、正真正銘この地球で作られた制服であり、学生服のデータをスーツの上から被《かぶ》せたものではない。

「このような肌触りなのですね……それにしても、下半身の防護性が心もとないのは気になりますが……」

以前もデータ上とはいえ身に着けたこのスカートという服飾は、エイメル星では見ないタイプの形であるため、非常に新鮮であると同時に、ここまで脚部を露出するというのは、何だか恥ずかしかった。

――何故《なぜ》、私がこうしてユウヤさんと同じ学園の制服を手にしているのか。

それは、ユウヤさんたちを地球まで送り届ける際、父から下された命令のためだった。

「……」

父からの命令。

それは、ユウヤさんの遺伝子を手に入れること。

もしこれがクローンを生み出すだけであるのなら、ユウヤさんの体毛など、体組織を一部でも持ち帰れば済んだ話だろう。もちろん、それでもユウヤさんに断りもなくクローンを生み出すなんてことは、私にはとてもできなかったが。

だが、父が私に求めているのは、そういうことではない。

遺伝子を持ち帰る……つまり、ユウヤさんとの子を生《な》せ、ということなのだ。

「っ……」

そのことを改めて認識した私は、顔が熱くなる。

ユウヤさんを地球まで送り届け、別れた後、本当に父の命令が遂行できるのかを確認すべく、地球の人類と私の体を比較検証した。

その結果、体の作りなど一部に異なる箇所はあるものの、私とユウヤさんで子供を作ることが可能であると分かってしまったのである。

子供を作るための方法も、どうやら地球と私の星で大差ないため、そこも問題ない。

ただ……私にはまだ、そういった経験がなかった。

地球とエイメル星では、男女の関係というものは全く一緒である。

互いに心を通じ合わせ、結ばれる。

中には心を通じ合わせることなくそういった関係になる者もいるが、これは全宇宙共通のことだろう。星によっては、星全体でパートナーを共有する文化も存在するようだが、私の星と地球はそうではない。

それはともかく、心を通じ合わせる……つまり、恋、というものを私は経験したことがなかった。

「まさか、この私が……」

エイメル星の代表である父の娘として、私は生まれた時からドラゴニア星人との戦争終結を夢に生きてきた。

だからこそ、恋なんてものに思考を割く時間すらなかったのだ。

「い、一体、どうすればいいんでしょうか……」

一応、地球の学園に通うにあたり、情報収集はしてある。

例えば、学生が学ぶ教科の範囲や、今の学生の間で流行《はや》ってるものなど。

そういう意味では学園に馴染《なじ》むことに問題はないと思う。ただ、ユウヤさんとの距離の詰め方をどうすればいいのか……それだけは問題だった。

地球の価値観から見ても、いきなり遺伝子を求めるなんてもってのほかである。わ、私も困る。

そうなると時間はかかるが、恋愛によって結ばれるのが一番自然ともいえた。

ただ……。

「……私はユウヤさんのこと、どう思っているんでしょう……」

自分のことなのに、分からない。

最初は、私がユウヤさんの家を襲撃するという、あまりいい出会い方ではなかった。

だが、ユウヤさんはそんな私を許してくれて、そのうえ私たちのために力を貸してくれたのだ。

自分が危険な目に遭うというのに……。

地球とは別の、アルジェーナという世界でも、ユウヤさんは身を挺《てい》して私を守ってくれた。

今まで一人で宇宙を旅して、ドラゴニア星人の目を掻《か》い潜《くぐ》りながら生きてきた私にとって、誰かに守ってもらうのは、とても新鮮な体験だったのだ。

「……」

これだけで恋になるのかと言われれば、私には分からない。

でも、ユウヤさんのことを好ましく思っているのは、間違いなかった。

ユウヤさんも同じ気持ちであればいいのだが……。

「……あれこれ考えても仕方ないですね。分からないものは分からないのですから」

気持ちを切り替えた私は、アプローチを変え、別の情報を収集する。

それは、地球の恋人たちがどのような生活を送っているのか、というものだった。

「ユウヤさんと恋人になるための方法は保留するとして……その一歩先の、恋人になってからの行動も参考になるでしょう。あとは……収集するデータをユウヤさんたちと同じ年齢に設定すれば……」

　端末を操作し、地球の学生の恋人たちがどのような行動をするのか、情報を集めていく。

　そして……。

「なるほど……遊園地や水族館といった、デートスポットなるものが存在するのですね」

　他にも普通に商業施設を見て回るなど、あまり特別そうなものはなかったが、遊園地といった施設は、少し気になった。

「なるほど……遊園地は恋人同士だけでなく、家族や友人同士でもよく遊びに行く場所だと……」

　正直、データだけでは分からないことが多い。

　だが、これで準備はできたと言えるだろう。

「あとは、ユウヤさんとこの場所に行けば……」

　どうなるかは分からないが、私なりにできる限りのことはしてみよう……そう考えるのだった。

＊＊＊

　神楽坂《かぐらざか》さんを迎えに行ってから数日後。

ついに夏休みも終わり、久しぶりに王星学園に登校した。

「皆《みんな》、おはよう」

「あ、優夜《ゆうや》君！　おはよー！」

「ひ、久しぶり！」

教室に着くと、早速楓《かえで》や慎吾《しんご》君といった、クラスメイトたちが声を掛けてくれる。

……前の学校では長期休暇明けが憂鬱で仕方なかったけど、今は皆に会えないことの方が寂しいなんてな……。

途中に登校日があったものの、一週間以上会えていなかったのだ。

しかも、俺はメルルさんたちと宇宙でドラゴニア星人と戦っていたので、なおさら久しぶり感が強いというか……。

しみじみとそう感じつつ、よく話すメンバーで集まっていると、担任の沢田《さわだ》先生がやって来た。

「おー、お前ら席に着けー。今日はビッグニュースがあるぞー」

「ビッグニュース？」

皆は席に着きつつ、沢田先生の言葉に首をひねった。

すると、沢田先生はニヤリと笑う。

「そうだ。なんと、このクラスにまた転校生がやって来るぞ」

『ええ⁉』

沢田先生の言葉で、クラス全員が一斉にざわめき始めた。

「転校生って……女子かな？　男子かな？」

「それよりも、なんだか転校生多くない？　優夜君から始まって、中等部にもユティちゃんが来て……」

「なんにせよ、珍しいよねー」

やはり俺から始まり、立て続けに転校生がやって来る状況は珍しいみたいだ。

どんな人が来るんだろう？

「おーい、入ってこいー」

「――はい」

「⁉」

沢田先生の呼びかけに対し、返ってきた声を耳にした俺は、目を見開いた。

え⁉　い、今の声って……！

驚く俺をよそに、教室に入ってきたのは、燐光《りんこう》を散らす青い髪の少女――メルルさんだったのだ！

メルルさんは以前のスーツとは違い、今は俺たちと同じ制服に身を包んでいる。

皆が呆気《あっけ》にとられる中、メルルさんは俺たちを見渡し、その中で俺を見つけると微笑《ほほえ》んだ。

「本日より、この学園に転入することになりました、メルルです。まだこの国のことはあまり分かっていないので、色々と教えていただけると嬉《うれ》しいです」

「とまぁ、見ての通り、この国の出身じゃないから、色々と面倒見てやれよー」

『……』

沢田先生はごく自然にそう告げるが、俺たちはそうはいかない。

俺はまだメルルさんが宇宙人だと知っているので何とも思わないが……。

「変わった名前だけど……でもユティさんと似た感じなのかな？」

「それよりも蒼髪《あおがみ》って珍しいよねー」

「なんか光ってない？　あれ？　気のせい？」

「いや、髪が光るのなんて普通じゃね？」

「普通……そう、だったっけ……？」

あれ⁉　もしかして、普通に受け入れられてる⁉

すでにメルルさんはクラスの生徒たちに対して何らかの認識操作を行ったようで、メルルさんの髪が光っていることを皆は自然に受け入れていた。う、宇宙の技術って相変わらずとんでもないなぁ……。

「ひとまず席は……優夜の後ろだな。ほら、あそこの目立つ男子の後ろだぞー」

「はい、分かりました」

何とも言えない表情でメルルさんを見つめていると、メルルさんは俺の横を通り過ぎる際、小声で告げた。

「……また会えましたね」

「あ、あはは……」

まさかの再会に、俺は乾いた笑みを浮かべることしかできないのだった。

＊＊＊

その日はクラスメイトだけでなく、他のクラスからもメルルさんを一目見ようとたくさんの人が押し寄せ、メルルさんを質問攻めにしていた。

どこかでメルルさんが宇宙人だとバレるんじゃないかとひやひやしていたのだが、さすがは宇宙の技術。完璧に地球に馴染めるように認識を操作しているようで、問題なく切り抜けていた。

そんな様子を遠目に眺めていると、教室の入り口に佳織《かおり》がいることに気付く。

佳織も俺を見つけると、どこか控えめな様子で手招きしてきた。どうしたんだろう？

「佳織、久しぶりだね」

「お久しぶりですね。この前お会いしたのは、優夜さんがメルルさんに街を案内していた時ですか……」

「そうだね……って、あれ？　もしかして、佳織はメルルさんのこと……」

「……はい、覚えてます。あの、宇宙の方、ですよね？」

なんと、佳織は以前俺とメルルさんが一緒にいる時に遭遇したため、メルルさんの認識操作が効かなかったようだ。

「父から転入生の話を聞いて、その人物がメルルさんで驚きましたよ？　宇宙人であるメルルさんがこの学園に通うのは色々な面で難しいと思うのですが、当たり前のように書類が受理されていましたし……」

「あ、あはは……その、メルルさんは、宇宙の技術でそこら辺の認識を操作できるみたいなんだ。だから、あんな風に地球人とは思えない特徴を持っていても、皆《みんな》自然に受け入れてるんだよ」

「それは何というか……すごいという気持ちと同時に、恐怖も感じますね……」

佳織の言わんとすることも分かる。

宇宙の技術として純粋に感動する気持ちもあるのだが、それよりも知らず知らずのうちに認識などを変えられるのは、とても恐ろしいことだ。

メルルさんがその技術を悪用するとは思わないけどさ……。

「でも、何故《なぜ》この学園に転入しようと思ったんでしょう?」

「うーん……それが、俺にもよく分からないんだよね……」

「え?」

確かにメルルさんは地球に用事ができたと言っていたが、それがこの学園に入学することだったんだろうか?

「まあ、悪いことをしようってわけじゃないと思うし、チャンスがあれば本人に聞いてみようかな?」

「そう、ですね……はぁ。それにしても、異世界人であるユティさんの次に、宇宙人のメルルさんまでこの学園に来るとは……国際化ってレベルの話じゃないですね」

「ま、まあね。それと、できればメルルさんのことは……」

「秘密、ですよね？　分かってます。というより、この状況では言っても誰にも信じてもらえないでしょうから」

すでに認識操作されているので、メルルさんが宇宙人だと言っても、信じてはもらえないだろう。

そんな風に佳織と情報交換していた俺は、メルルさんが一瞬こちらに視線を向けたことに気付かないのだった。

＊＊＊

あの後、メルルさんにこの学校に来た理由を尋ねようとしたのだが、転入生であるメルルさんを一目見ようと他のクラスからやって来る人の波は絶えず、中々聞きに行くことができなかった。

まあ問題なく生徒たちに受け入れられてるみたいなので、俺としては一安心だが……。

放課後になって、ようやくメルルさんが一人でいるところを見つけることができた俺は、すぐに声をかけた。

「メルルさん！」

「あ……ゆ、ユウヤさん！　ど、どうかしましたか？」

「あ、いや、その……なんでこの学校に来たのかなと思って……」

ドラゴニア星人たちとの騒動が終わったとはいえ、エイメル星で何かすることがあるんじゃないかと思ったのだが、こうしてメルルさんは地球にいる。

だから、何か目的があるんじゃないかと思ったのだが……。

俺の問いかけに対し、メルルさんはソワソワし始めると、視線を泳がせた。

「い、いえ、その……あ！　せ、せっかく地球に来たので、この星の文化を勉強してきなさいと言われたんです！　はい！」

「な、なるほど？」

留学みたいなものだろうか？　確かにエイメル星の人たちって寿命が長いみたいだし、気軽にこういった体験ができるのかもしれない。

そんなことを考えていると、メルルさんは小声で何かを言った。

「それで、その……もしよろしければ、その文化研究の一環として、今度、一緒に遊園地など……」

「え？」

「あっ……な、何でもないです！　そ、そうだ！　この後、用事があるので、失礼しますね！」

「え!?　あっ……行っちゃった……」

メルルさんは急に慌て始めると、そのまま去っていった。

結局詳しい目的は分からなかったが、ひとまず大きな問題ではないようなので、一安心するのだった。

＊＊＊

メルルさんが転入してきた翌日。

その日も、メルルさんに軽く地球での用事を尋ねてみたのだが、はぐらかされてしまった。

う～ん、言いづらい内容なのかな？　手伝えればいいと思ったんだが……無理に聞き出すわけにもいかないしな。

ただ、授業中、俺の後ろに座っているメルルさんから、妙に視線を感じるんだよなぁ
……俺、何かしたかな？

そんなことを考えていると、沢田先生がやって来る。

「おし、皆揃《みんなそろ》ってるな～。今日のホームルームはあれを決めるぞ～」

「あれ？」

沢田先生の言葉に首をひねる中、何人かの生徒は心当たりがあるようで、頷《うなず》いている。

「もう気付いてるヤツもいるが……体育祭のことだ」

「体育祭！」

そうか、夏休み明けすぐだけど、もうそんな季節なのか！

もちろん前の学校でも体育祭は経験しているが、この学園では初めてである。

球技大会でさえ大規模だったから、体育祭となると、どんなレベルのものになるのか想像もつかなかった。

当然メルルさんは体育祭自体を知らないため、まだ首を傾《かし》げたままだ。

すると、隣の席の雪音《ゆきね》が、俺とメルルさんに教えてくれた。

「……先生の様子から何となく分かると思うけど、うちの体育祭はすごく大規模」

「やっぱり……」

「あの……すみません。私は体育祭というモノ自体を知らないのですが……」

「……簡単に説明すると、全学年を二つの組に分けて、それぞれの競技で競い合うってもの。ただ、うちの学園の場合、勝てば色々な特典がついてくる」

「特典？」

「そう。一番は競技に勝てばそれだけ学園祭でクラスが使える予算が増えることだけど、副賞として学食一ヶ月無料券とか、学園祭の時に好きなアーティストを呼べる権利とか、本当に色々ある」

「ほ、本当に色々あるんだな……」

球技大会だけじゃなく、野外学習の時でさえ学園祭の予算がどうのこうのって話はあったので、その点については特に驚かなかった。

だが、それ以外の副賞が何とも豪華らしい。というより、好きなアーティストを学園祭に呼べる権利って……この学園ならではだなぁ。

雪音の説明にどこか遠い目をしていると、沢田先生は珍しく熱くなっていた。

「うちのクラスは赤組だ！　競技で勝てば勝つほど私のボーナスが増えるからなー。お前ら、全力で頑張れよー」

「だからアンタ、そこそこ稼いでるよね!?」

野外学習の時と同じように、沢田先生は生徒たちにツッコまれていた。あんまりお金に苦労してなさそうなのにね……。

「というわけで、影野《かげの》ー。ホームルームと一時間目は体育祭関連に充てるから、お前が仕切って出場選手を決めていけー」

「任せてください！」

気の抜けた沢田先生の言葉に対し、球技大会の時も率先して取り仕切っていた、学級委員の影野統《おさむ》君が、不敵に笑った。

「出場選手を決めるにあたって、簡単に体育祭について説明しておこう。体育祭は先生も言っていた通り、赤組と白組に分かれて戦うことになる。しかも、この高等部だけじゃなく、中等部も含めて全校生徒で競い合うんだ。だが、クラス対抗戦という側面もある。その結果次第で学園祭の予算を優遇されたり、一位のクラスだけがもらえる豪華な副賞があったりと……まあここら辺はいつも通りだな」

それがいつも通りといえるこの学園って本当にすごいよね……。

「そして、種目によって得点や獲得できる予算が変わるのも特徴的だ。例えばクラス対抗リレーなんかは得点が大きい。それを理解したうえで、誰がどの種目に出場するのか慎重に選ぶべきだな」

「はいはーい、一つ質問！　これって、一人一種目しか参加できないんだっけ？」

影野君の説明に対し、楓《かえで》が元気よく質問をすると、彼は首を横に振る。

「いや、参加する競技数に制限はないよ。ただ、全員必ず一種目には参加してもらう必要がある。それに、いくら運動神経がよくて全種目に参加したいとしても、体力が持たないだろう。だからこそ、優先的に勝ちに行きたい種目に自信のある人を参加させるのが一番だろうな」

な、なるほど……なんていうか、俺が前まで通っていた学校は、ごく普通の学校なので、特に作戦とか細かい決まりはなかったが、ここまで大規模になるとクラスごとの作戦が重要になるんだな……。

すると、今度は亮《りょう》が手を挙げた。

「ひとまず大まかな流れは分かったけど、副賞ってのはもう公表されてんのか？」

「いや、それに関しては当日になるまで分からないんだ。だから、どの競技も万全に戦えるようにしておくべきだ」

話を聞いた感じ、思いがけない種目の副賞がとても豪華な可能性もあるんだな。

「さて……何か他に質問はないか？　ないのであれば、出場する種目を決めていこう。色々と言ったが、正直、勝ち負けにこだわらず、好きな種目を選ぶのが一番いいと思う。わざわざ嫌いな種目に出る必要もないからな」

「おい、影野ー。負けるのは困るぞー」

「いや、先生……負ける気はないですけど、楽しむことも大事ですから……」

先生の言葉に影野君は苦笑いを浮かべていた。

そんなこんなで影野君がテキパキと進行してくれるおかげで、スムーズに生徒たちが出場する種目が決定していく。

異世界でレベルアップしたおかげで身体能力が飛躍的に向上したとはいえ、俺は元々運動が得意じゃないのだ。今の体でそれを言われても信じてもらえないだろうけどさ。

とにかく前の学校の体育祭では障害物競走くらいしか経験がなかったので、今回もそれを希望した。

そのほかに、周りからの推薦で騎馬戦と綱引きも参加することに。

綱引きは大勢でやる種目だからいいんだけど、騎馬戦は大丈夫かなぁ……。

若干不安ではあるが、推薦してもらった以上、頑張るつもりだ。

ちなみに地球の文化をまだまだ知らないであろうメルルさんだったが、ひとまず玉入れや綱引きといった、皆と協力する種目に出場するようだ。

宇宙では、メルルさんはとんでもない機械を駆使して戦ってたけど、筋力とか身体能力とかってどうなんだろう？

そんなこんなでどんどん種目が決まっていき、ついに最後の種目となった。

「さて、残るは男女混合二人三脚だが……」

そう、最後に残った種目は、男子と女子がペアを組む二人三脚だった。

「今までは足の速さや力の強さである程度選べたが、これは少し難しいな……ペアの身長差が大きすぎても走りにくいだろうし……とりあえず、現時点で参加したい人はいるか？」

影野君がそう尋ねると、何人かの人が手を挙げた。

だが……。

「神崎《かんざき》さんのペアか……」

「あはは……なんだか悪いねぇ……」

凛《りん》も手を挙げていたのだが、凛のペアになりそうな男子がいなかったのだ。

凛のペアが決まれば、ちょうど参加人数が埋まるのだが……。

「うーん……凛ちゃんって足速いもんねぇ」

「さすがに楓ほどじゃないよ。ただ、アタシってデカイからなぁ……何ならアタシが辞退して、別の人に譲ってもいいんだけど……」

凛はそう言うが、せっかく手を挙げて意思表示したのにそれはもったいない。

陸上部の楓が速いと言うんだから、凛も相当速いんだろう。

「あの……お、俺でよければ走るけど……」

「え、優夜《ゆうや》？」

俺が恐る恐る手を挙げると、凜は驚いて俺を見た。

すると影野君は満足そうに頷く。

「うん、優夜君なら神崎さんとの身長差もそんなにないし、身体能力は言わずもがなだ。お願いしてもいいかな？」

「うん。二人三脚の経験はないけど、頑張るよ」

「いや、一緒に走ってくれるだけでもありがたいよ。一緒に頑張ろうじゃないか！」

凜はそう言うと、笑みを浮かべる。

――こうして体育祭の出場種目が決定したのだった。

＊＊＊

「優夜君、またね！」

「うん、また」

放課後。

部活に向かう楓たちと別れると、不意にメルルさんから声をかけられた。

「ユウヤさん」

「ん？　メルルさん、どうかした？」

「実はユウヤさんにお願いがありまして……」

「お願いですか？」

何だろう？　もしかして、エイメル星関連で何かあったのかな？

そう思っていると、メルルさんは真剣な表情で告げた。

「――――ゆ、遊園地ってご存じですか？」

「……はい？」

予想外の言葉に、俺はつい聞き返してしまう。

え、遊園地？　なんで？

「以前お話しした通り、私はこの地球の文化を学ぶため、この学校という施設にやって来ました。科学技術的な部分では特に学ぶことはないのですが……文化という面では、この地球は非常に興味深いもので溢《あふ》れているんです。実際、学校という教育専門の施設があるのも私からすれば珍しいですし……」

「エイメル星には学校ってないんですか⁉」

「ええ。必要な知識はすべて電波送信で脳に入力しますので」

相変わらず宇宙の技術ってすごい！

「そう言えば、今はどこで暮らしてるんですか？」

「一応、この学園の上空に船を待機させてまして……そこで生活してますよ。移動自体はすでに違和感がないように周囲にいる人たちの認識を操作してますし、見えないように迷彩機能も発動させてますから」

サラッと宇宙技術を使ってくるからとんでもない。

ひとまず生活はできているようで安心した。

「ま、まあ文化を学ぶっていうことについては分かりましたけど、なぜ遊園地が……？」

「その、地球というより、この国のことをクラスメイトの方々に教えてもらいつつ、私自身でも色々と調べてみたんです。すると、私はいわゆるＪＫというものにあたるらしく、同時にこの国のＪＫは遊園地によく行くというデータが出てきたんです。なので、私もＪＫというものを理解するべく、遊園地に行きたいので、ぜひユウヤさんに案内を頼みたいなど」

「情報偏りすぎてません⁉」

どんな調べ方をすればそんな偏ったデータを手に入れられるんだろう。

それに、俺も遊園地なんて行ったこともないんだが……。

「あの……ダメ、ですかね……？」

「い、いや、全然！　ダメなんて！」

悲しそうな表情を浮かべるメルルさんに、俺がつい反射的に答えると、メルルさんは顔を輝かせた。

「よかった！　それなら、今度の休暇に、ぜひ一緒に行きましょう！」

「は、はい……」

決定してしまったが……だ、大丈夫だろうか？

すでに不安になっていると、メルルさんは時計に視線を向ける。

「あ、すみません！　この後、クラスメイトの方々から部活の見学に誘われてまして……そう言えば、ユウヤさんは部活をされてないんですか？」

「そうですね。今のところどこかに入ろうとは考えてないですね……」

元々運動に興味があるわけじゃないからなぁ……。

そういう意味では、ユティみたいにやってみたいことがあるのは羨ましい。

「なるほど……それじゃあ私はそろそろ行きますね。遊園地、楽しみにしてます！」

「は、はい！」

メルルさんの言葉に頷《うなず》くと、彼女は少し顔を赤らめて、こちらの様子を窺《うかが》いながら続けた。

「それと、こうしてクラスメイトになったんですし……そ、その……口調を崩していただいてもいいんじゃないですか？」

「え？」

「ほ、ほら、ユウヤさんが他の方と会話してる時、相手のことを呼び捨てにしたり、フランクに接したりしていたので……その、む、無理にとは言いませんけど！　ただ……せっかくの機会なので……」

確かにメルルさんに対しては敬語で接してきたが……。

でも今のクラスは皆気さくで、基本的には砕けた口調で会話できるようになっていた。

「そう、だね……えっと、それじゃあせっかくだし……あ、メルルも敬語じゃなくていいんだよ？」

「い、いえ！　私は元々これが普通ですので」

「そ、そっか」

「そ、それじゃあ私は行きますね！」

メルルはそう言うと、そのまま去っていった。

何て言うか、エイメル星から送ってもらってから久しぶりにちゃんと話したが、前と違って妙によそよそしいというか、変な感じがするんだよな……知らず知らずのうちに何か気に障《さわ》ることでもしちゃったかな？　でもそれだと口調を崩してほしいとか言われないだろうし……。

……っていうか、今更だけど、遊園地に行くのも俺じゃなくて、その部活の案内をしてくれるって子と行ったほうがよかったんじゃ……？

あれこれ考えながら下駄箱《げたばこ》に向かっていると、ちょうど佳織《かおり》に出会った。

「あ、優夜さん！」

「佳織！　佳織も帰るところ？」

「はい！　あの……せっかくなので、ご一緒しても？」

せっかくのお誘いなので、俺は佳織と途中まで一緒に帰ることになった。

帰り道の話題は、ちょうど今日、出場種目を決めた体育祭についてだった。

「優夜さんのクラスは赤組なんですよね」

「そうだね……ってことは、佳織は？」

「私は白組です。なので、優夜さんとは敵同士ですね？」

そう言いながらいたずらっぽく笑う佳織。

しかし、その表情もすぐに曇った。

「ですが……優夜さんが相手だと、勝てなさそうですね……」

「そんな！　俺一人で戦うわけでもないんだし……」

「で、でも、白組には私がいますから……」

確かに、佳織が運動はあまり得意ではないことは、球技大会や海で一緒に遊んだ時から分かっていた。

とはいえ、俺一人で組全体の勝敗が決まるわけじゃないのと同じで、佳織が運動が苦手だからといって、白組が負けると決まったわけじゃない。

「ちなみに、佳織は何の競技に出るの？」

「私は玉入れと綱引きですね。この競技なら、皆さんに迷惑をかけることも少ないでしょうし、一安心です！」

俺はふと佳織が玉入れをしている様子を想像したのだが……剛速球があちこちに飛んでくるイメージしかわかなかったのは黙っておこう。うん。

佳織と別れ、家に帰ると、すでにユティが帰宅していた。

「あれ？　今日は帰り早いんだね」

「肯定。今日の部活は休み」

「そっか」

「質問。ユウヤ、体育祭、何組？」

「俺は赤組だよ」

そう答えると、ユティの瞳に炎が宿ったように見えた。

「闘志。私は白組。敵同士」

「ええ⁉」

なんと、ユティも佳織と同じ組で、今回は敵だと分かった。

こ、これは手ごわいぞ……！

ユティという強敵が白組にいることが分かり、俺は改めて体育祭に向けて気を引き締めるのだった。

＊＊＊

優夜《ゆうや》が体育祭について考えているころ、異世界の【大魔境《だいまきょう》】では一つの集団が奥地を目指して突き進んでいた。

「ぐあああっ！」

「くっ！　隊列を乱すな！　我々がここで死ぬわけにはいかん！　何としてでもテンジョウ・ユウヤの下に向かうのだ！」

襲い来る魔物を相手に、必死に檄《げき》を飛ばし、進み続けるその集団は、オルギスたちが問題視している邪教団だった。

彼らは満身創痍《まんしんそうい》になりながらも、決してその足を止めることなく、確実に歩みを進めていく。

何度目か分からない魔物の襲撃を切り抜けると、彼らは一息つく。

「皆の者、周囲の警戒は怠るな。少し休んだ後、再び出発するぞ！」

「教祖様」

「どうした？」

「一つお聞きしたいのですが、今回の作戦で呼び寄せる我らの神は、一体いつの時代の方なのでしょうか？」

信徒の言う呼び寄せる神とは、つい最近、優夜たちによって滅ぼされた『邪《じゃ》』のことではなく、歴史上かつて存在していた『邪』のことだ。

そのため、どの時代の『邪』を呼び寄せるのかを改めて尋ねると……。

「そうだな。我々が今回お呼びするのは、歴代でも最強と呼ばれる方だ」

「最強……ですか？」

「ああ。ただ、忌々《いまいま》しいことに、その時代にはかの賢者が存在していたのだ。ゆえに、我らの神はその御力《おちから》を存分に振るうこともできず、賢者に敗れ去ってしまった……だが、今回は違う！　その方をこの時代に呼び寄せれば、もはや我らの神を阻《はば》む者は存在しないのだ。それに、忌々しきテンジョウ・ユウヤも我らの神と入れ替える形で葬《ほうむ》り去ることができる。そのためにも、我らは必ずや神敵、テンジョウ・ユウヤの下に辿《たど》り着くのだ！」

「な、なるほど！　しかし、テンジョウ・ユウヤを生贄《いけにえ》にするのは理解しているのですが、我らが神を狙ってお呼びすることが可能なのですか？」

「そこも心配いらん。確かに狙った者を過去から呼び寄せるには、それに関する触媒が必要となる。しかし、今回使う賢者の魔法こそが、我らが神を呼び寄せる触媒となるのだ！」

「あ⁉　賢者に倒された神だからこそ、賢者の魔法が触媒となるんですね⁉」

「その通り！　それに、我らにはごくわずかとはいえ、神から授かりし『邪』の力もある。

賢者の魔法と我ら『邪』の残滓《ざんし》を触媒とすれば、確実に歴代最強と言われた我らの神を呼び寄せることができるだろう！」

『おお！』

「さあ、行くぞ、我が信徒たちよ！　神敵はもうそこだ！」

優夜の知らない場所で、着実に悪の手が伸びつつあるのだった。

第二章　体育祭

体育祭の出場種目を決めてから数日。

俺たちは体育祭に向けて、準備を進めていた。

その中には競技や入退場の練習の他に、男子は応援団、女子はチアリーディングの練習もあった。

前の学校でも体育祭の時は男子が応援団をやったけど、今回みたいにちゃんと参加するのは初めてだ。

だが、俺が参加する障害物競走や騎馬戦、綱引きは簡単なルール説明とコース確認のみで、それ以外の詳しいことは本番で初めて分かるらしい。

その代わりと言っては何だが、俺は凜《りん》としっかり男女混合二人三脚の練習をしていた。

「「いちっ、にっ、いちっ、にっ」」

肩を組んで校庭を一周する俺たち。

最初はある程度息を合わせて歩くことしかできなかったが、今はかなりの速度で走ることができていた。

「ふぅ……いい感じじゃないか！　やっぱり優夜はすごいねぇ」

「そ、そうかな？　凜こそ息を合わせてくれるから、すごく動きやすいよ」

そう答えると、凜はニヤリと笑った。

「でも悪いねぇ？　アタシみたいな女でさ。これが楓《かえで》だったらもっと抱き心地がよかったんだろうけどねぇ」

「ぶっ⁉」

だ、抱き心地って……！

完全にからかってるのは分かるが、人聞きが悪すぎる！

「ま、アタシとじゃぁ役得感もないだろうけど、我慢してくれよ？」

「そ、そんなことないよ⁉　凜だってとても綺麗《きれい》だし……その……」

「へ？」

あまりこういうのに慣れていないので、つい変なことを口走ってしまったが、実際凜と肩を組んで走ると、何だかいい匂いがするし、体も柔らかいしで、気にしないという方が無理だった。

「だから、その……今もすごく気になるというか、気にしないようにしてるというか……

ごめん、気持ち悪いこと言ってるね」

「い、いや、アタシこそ……その、変なこと言ってごめんよ……」

お互いに気まずくなっていると、凜が話題を変えた。

「そ、そう言えば、転入生のメルル、すごいよねぇ」

「そうだね……」

転入してすぐに体育祭に参加することになったメルルだが、ユティの時と同じように、その能力を遺憾なく発揮していた。

というのも、俺の中でメルルはとんでもない宇宙技術を駆使する女の子というイメージだったのだが、実際に体を動かす運動も得意だったのだ。

さすがにユティやイリスさんたちほど体を動かすことに特化してるわけじゃないが、それでも地球レベルで見ると、並み外れた身体能力なのは間違いない。

そんなメルルが同じ組なのは心強いが、ユティが白組にいるので油断はできなかった。

「まあでも、一番の注目の的は優夜じゃないかい？」

「え？」

「それに、当日はテレビ局もいくつか来るみたいだし、どうなるか楽しみだねぇ」

「テレビ局が来るの⁉」

「あれ？　知らなかったかい？」

凜の言葉に俺は愕然《がくぜん》とした。

確かに球技大会の時にも美羽《みう》さんの芸能事務所関連で取材陣が来ていたが、今回はそうじゃないのだ。

「王星《おうせい》学園のイベントって言えば、毎年ド派手だから、楽しみにしてる視聴者も多いんだよ」

「そ、そうなんだ……」

あれかな、オリンピックやマラソンを視聴する感覚なんだろうか？　それにしたってアスリートが競い合うわけじゃないし……いやでも、王星学園ってスポーツでも優れた生徒が多いから、テレビ映えするのかな？

「そういうわけさ。アタシも優夜の足手まといにならないよう、頑張らないとねぇ」

凜はそう言って再び笑うと、改めて練習を再開するのだった。

＊＊＊

「すみません！　待ちましたか？」

「いや、大丈夫だよ」

休日、以前メルルと約束していた遊園地に向かうため、開園前に待ち合わせをしていた。

メルルは前に地球を少し案内した時のように、ちゃんと地球に合わせた私服姿だった。

そんな俺の視線に気づいたメルルは、軽くその場で回ってみせる。

「どうですか？　以前とはまた少し違う種類の服にしてみたんですけど……」

「うん、すごく似合ってるよ」

「ならよかったです！　それで、ここがその……」

「遊園地、だね」

俺たちの目の前には、大きな施設が広がっていた。

俺たちが住んでいる街の近くにある、一番大きな遊園地に遊びに来たわけだが、メルルだけでなく、俺も初めてなので非常に楽しみだ。

ただ、休日ということもあり、人が多い。

「すごい人の数ですね……彼らもＪＫなのですか？」

「いや違うよ⁉　そもそも遊園地はＪＫだけが集まる施設ってわけじゃないからね？」

「そうなのですか？　……いえ、そういえば、ＪＫがよく行くとしか書かれてませんでしたね。データを修正しておきましょう」

何のデータなのか気になる……。

それはともかく、遊園地が開園すると、俺たちもチケットを買い、入場した。

「おお！」

俺はそこに広がる風景に、感動する。

遠くからしか見たことがなかった観覧車や、巨大なジェットコースター。それに何だか美味《おい》しそうな匂いというか、独特の匂いが周囲に漂っている。

さらに、スタッフの方々が笑顔で迎えてくれて、非日常的な空間がそこにあった。

異世界や宇宙を経験してるのに非日常も何もないかもしれないが、それでもこの楽しむためだけの空間は俺にとってはとても新鮮だった。

「すごいですね……外の空気とは一変して、独特の空間です……」

メルルもまた、遊園地の空気感に驚いているようだった。

「っと……このまま呆《ほう》けてないで、何かに乗ろうか」

「そうですね……では、まずはジェットコースターというものに乗ってみたいです。遊園地の花形ともいえる乗り物らしいですから」

「そうだね。じゃあ行こうか」

俺もジェットコースターに乗るのは初めてなので、かなり気になる。

しかも、ジェットコースターは遊園地内に一つだけでなく、何種類かあるらしい。

その中でも一番規模の大きいジェットコースターのところに向かうと、すでに長蛇の列ができていた。

「す、すごい人だ……」

「やはりデータは間違ってませんでしたね。それだけこのジェットコースターとやらが素晴らしいアトラクションなのでしょう」

俺たちも列に並び、順番を待つ。

「お、おい、あれ……すごい派手な髪色だな……」

「てか、光ってね？……いや、光ってるのは普通、なのか……？」

「いいなぁ、あそこのカップル！　美男美女って感じで」

やはりメルルの容姿は非常に目立つので、他のお客さんからの視線を集めていた。

「……妙に視線を集めているようですね。認識操作が甘かったのでしょうか？」

「い、いや、大丈夫じゃないかな！　うん！」

「そうですか？　ならいいんですが……」

認識操作は体に害はないとメルルは言うけど、あまり乱発されるのもどうかと思うので、ここはこのままでいてもらうことに。

そんなやり取りをしつつ、学校でのことを聞いたりしていると、俺たちの番が来た。

「ユウヤさん！　私たちの番ですよ！」

二列タイプのジェットコースターで、俺たちが並んで座ると、体を固定するための安全バーがおろされた。

あとはスタートを待つだけとなり、ちょっとした緊張感と高揚感に包まれる。

「いよいよですね……」

メルルも同じように少し緊張しているようだが、表情は明るかった。

そして、いざジェットコースターが動き始める。

俺たちが乗ったジェットコースターは、コースの起伏が非常に激しく、ぐるっと回転するような箇所まで用意されていた。

徐々に加速していき、最高速に達したところで、コースターは左右、上下と激しく動く。

だが……。


「……」

「……」


周囲が声を上げて楽しむ中、俺とメルルは困惑したまま座っていた。

途中、思わず顔を見合わせてしまったほどである。

というのも……全然スリルを感じられなかったのだ。

本来、こういった絶叫系アトラクションは、日常生活で味わうことのないような様々な刺激を楽しむものである。

だが、俺もメルルも、すでにジェットコースター以上にスリル感のある乗り物や戦いを経験しているせいか、何の楽しさも感じ取れなかったのだ。

そのままメインの大回転も困惑しながら通過し、ジェットコースターはあっけなく終わってしまった。

「……」

「……」

周りが楽しそうに感想を言い合う中、何とも言えない表情のまま、俺たちは改めて顔を見合わせる。

「つ、次！　次のアトラクションに行こう！」

「そ、そうですね！」

気分を変えるべく、すぐに次の提案をすると、メルルは少し考える様子を見せる。

「でしたら……お化け屋敷《やしき》はどうでしょう？　こちらはＪＫの定番というより、カップルの定番だとデータには記録されてます」

「だからなんのデータなんだ……」

　カップルの定番かどうかは分からないが、これに関しても俺は初めてなので楽しみだ。

　早速お化け屋敷のある場所まで移動すると、いかにもお化けが出そうな病院風の建物が見えてくる。

「あれがお化け屋敷ですか？　私の記憶が正しければ、あの形状とシンボルはこの地球の病院だったと思うのですが……」

「その認識で間違ってないよ。なんていうか、病院って人の生き死にに深く関係してるだろ？　だから、お化けとかがよく出るイメージが強いんだと思う」

「なるほど……」

　俺の勝手な想像で語ったが、偽物《にせもの》とはいえ、雰囲気のある病院を前にすると、確かにお化けとか、霊的なものが見えそうな気がしてきた。

　ジェットコースターの時と同じく、列に並んで待つ俺たちだったが、ジェットコースターほど混んではなかったので、割と早く順番が来た。

「楽しみですね！」

「うん」

アトラクションの内容自体は建物内の順路通りに進むだけだが、どんな風になってるんだろう？

わくわくした気持ちのまま、建物に足を踏み入れると、そこにはボロボロに朽ちた病院の受付があった。

照明の数も最小限で、雰囲気を出すためか、点《つ》いたり消えたりしている。

「なるほど……こうして暗くすることで、気分的に恐怖感を煽《あお》ると……」

メルルはそう呟《つぶや》くと、すぐに微妙な表情を浮かべた。

「……その、私は、ブラックホールのような真の暗闇と宇宙の恐怖を知っているので、暗さだけではあまり……」

まあ宇宙空間をよく移動するメルルからすれば、この程度の暗がりじゃ怖くはないのだろう。

「ま、まあこれがメインじゃないからさ！　やっぱり一番はお化けだから——」

そう言いかけて、気づいた。

いや、気づいてしまった。

「……いますね」

「……いるね」

おそらくお化け役の方だと思うのだが、明らかに順路の両サイドなどに人の気配がするのを、【気配察知】のスキルで察してしまったのだ。

い、いや、この気配がお化け役の方の気配とは限らない！　もしかしたら、俺たちの前に入ったカップルがまだ……いや、順路を挟むように留《とど》まってるのはどう考えてもおかしいよなぁ……。

ひとまず気配の正体を確認するためにも先に進むと――。

「ウォオオ！」

「バアアア！」

「……」

「……」

「あっ……う、うぉお」

「……ぁぁ……」

飛び出してきたお化け役の方たちを、俺とメルルは何とも言えない表情で見つめてしまった。

その、驚きたいけど驚けないというか……。

何なら飛び出してくる気配すら察知できてしまったので、本当に驚けなかったのだ。

そんな俺たちの表情を目の当《ま》たりにして、お化け役のスタッフさんは、一瞬だけ素に戻りかけるも、すぐに持ち直し、どこか戸惑いながらも下がっていった。

「……進もうか」

「……はい」

その後も脅《おど》かそうとしてくるスタッフの方々に対して、終始俺たちは微妙な表情を浮かべることしかできなかった。

中には、人ではなく機械によるギミックで脅かしてくるような場所もあったのだが……。

「あ、ユウヤさん。そこを通るとおそらく大音量の音声が流れます」

「……それ、言っちゃったら意味ないんじゃない？」

「あっ……」

宇宙の技術を持つメルルが、すべて見抜いてしまったのだ。

別にあの左腕に装着されたデバイスを操作しているわけではないのだが、このくらいならあのデバイスを使うまでもなく察知できてしまうらしい。

そんなこんなで先に進むと、出口まであとわずかとなった。

「う、うーん……まさかこんな弊害があるとは……」

スキルや異世界での経験がこんな形で邪魔するとは想像もできなかった。

このまま何事もなく出口に着いて終わりかな……そう思った瞬間だった。

「ゆ、ユウヤさん……」

「ん？　メルル、どうしたの？」

突然、メルルが足を止めた。

メルルの方に視線を向けると、今まで平然としていたメルルが、顔を真っ青にしている。

「め、メルル⁉　どうしたんだ⁉」

「あ……あ……あれを……」

「え？」

震える指をお化け屋敷の一角に向けるメルル。

その指先を辿《たど》り、俺も同じ方向に視線を向けると――――。

「っ⁉」

声を上げなかった俺を褒めてほしい。

なんと……メルルが指した方向に、子供が立っていたのだ。

――――足が消えた状態で。

俺が今まで気付かなかったことから分かる通り、何故《なぜ》かこの子供には【気配察知】のスキルが反応しないのだ。

つまり……。

「ゆ、ゆっ……ゆ⁉」

「信じません信じません信じません。そんな非科学的な存在なんて……！」

メルルは何も見なかったというように、首を激しく振った。

だが、次の瞬間。

『あそぼ』

「～～⁉　きゅー……」

「め、メルルぅぅぅぅう！」

突然背後から聞こえた子供の声に、メルルは気を失ってしまった！

俺は急いでメルルを抱きかかえると、そのまま出口までダッシュする！

「うおおおおお！」

こんな大声を出せば迷惑になるだろうが、幸いここはお化け屋敷だ。多少声を出しても不思議に思われることなく、俺たちは脱出することに成功したのだった。

ま、まさか、本物の幽霊が出るなんて……あれかな？　お化け屋敷の雰囲気につられて寄ってきたとか……？　何にせよ、脱出できてよかった……。

気を失っていたメルルだが、俺がお化け屋敷から出て、外の光を浴びた瞬間、目を覚ます。

「はっ⁉　こ、ここは……」

「外だよ。無事、お化け屋敷から出られたんだ」

「そ、そうですか……あっ」

メルルは心の底から安堵《あんど》した様子を見せると、何かに気づき、顔を赤くする。

「メルル？」

「そ、その……もう大丈夫なので、下ろしてもらえれば……」

「あっ⁉　ご、ごめん！」

慌ててメルルを下ろすと、俺たちの間に何とも言えない空気が流れる。

そこで俺は、雰囲気を変えるために、口を開いた。

「そ、そうだ！　次のアトラクションに行こう！」

「そ、そうですね」

とはいえ、次に何に行くのか、かなり迷う。

なんせジェットコースターであの調子だったので、他のアトラクションが楽しめるかどうか分からないのだ。

そんなことを心配していた俺たちだったが、ひとまず行くだけ行こうと、他のアトラクションにも並ぶ。

その結果、メリーゴーラウンドやゴーカートなどは問題なく楽しむことができた。

コーヒーカップだけはジェットコースターと同じくあまり刺激を感じられなかったのだが、宇宙船に乗っているメルルもゴーカートは新鮮だったらしく、メリーゴーラウンドもゆったりとした雰囲気を十分楽しむことができた。

他にも、ストラックアウトやフリースローのようなミニゲームを楽しみ、いくつか景品を手に入れると、昼食をとることに。

「どう？　これが遊園地だけど……楽しめてる？」

改めてそう聞いてみると、メルルは笑みを浮かべた。

「はい、楽しめてます。いくつか予想外のアトラクションもありましたが……」

「まさか遊園地の花形のジェットコースターとこんなに相性が悪いなんてね……」

さすがに誰も予想できないだろう。

まあ俺やメルルが特殊すぎるだけだが……。

「それで、どうする？　ある程度楽しめたと思うけど……」

「そうですね……でしたら、最後にアレに乗りませんか？」

そう言って指さしたのは、遊園地のシンボル的存在でもある観覧車だった。

ただ……。

「いいの？　普段宇宙船に乗ってるんだし、観覧車の高さじゃ……」

「そうかもしれませんが、やっぱりこの遊園地の外からでも見えていましたから。乗ってみたいんですよ」

確かに、この遊園地に向かう中、遠くからでも見えていた観覧車には乗っておきたい。

次の行動が決まったところで、すぐに観覧車の場所まで移動すると、今回はすんなりと乗ることができた。

小さい空間に二人っきりということで、妙な気恥ずかしさを感じつつ、徐々に上っていく。

するとどんどん周りの風景が遠くなり、最初に乗ったジェットコースターも見下ろせる位置にまで来た。

宇宙船に乗ったこともあるので、観覧車はどうかなと最初は思っていたのだが、ゆっくりと高くなっていく様子は面白く、純粋に楽しむことができていた。

「メルルの宇宙船に乗せてもらった時は、一瞬で地球自体が遠くなったけど、こうしてゆっくり眺める風景っていうのもいいね」

「そう、ですね」

ゆったりとした気持ちで外の景色を楽しんでいると、どこか緊張した様子でメルルが口を開く。

「あの……改めてなんですけど、エイメル星での父たちの発言は本当にすみませんでした」

「え？　あ、いや！　気にしてないよ。最初はどうしようかと思ったけど、こうして帰ってこられたわけだし……」

実際、メルルが俺たちを庇《かば》ってくれたから、こうして帰ってこられたのだ。

すると、メルルはまだ緊張した様子で続ける。

「そ、その……変なことを聞きますが、ユウヤさんはエイメル星をどう思いますか？」

「そうだなぁ……前はバタバタしててちゃんと見られなかったけど、やっぱり地球とは全然違うし、技術もだいぶ先を行ってるんだなぁって」

今度は落ち着いた状況で観光に行けたらいいなぁ。

それこそ、ナイトたちやイリスさんたちを連れて。

そんな風に思っていると、メルルはさらに続ける。

「な、なら、エイメル星に住むのはどうでしょう⁉」

「ええ⁉　さ、さすがにそれは……」

確かに面白そうな星だなぁとは思ったけど、住むかと聞かれると、さすがにすぐに頷《うなず》くことはできない。

「そ、そうですよね……」

俺の返答に、少ししょんぼりとした様子を見せるメルル。

「で、でしたら、その……私と……こ、恋人に……い、いえ、それはまだ早いですね……と、友達になってくれませんか⁉」

「え？　そ、それはもちろん！　こちらこそ、よろしくね」

どうして急にそんなことを聞いてきたんだろう？　俺としては、すでに友達のつもりだったんだが……。

そんなことを思っていると、観覧車はついに頂上までやってきた。

「うわぁ！　こんなにいい景色なんだ……」

「……」

いつも何気なく過ごしていた街の景色が、日の光を受けてキラキラと輝いており、特別な街であるように思えた。

ふと視線をメルルに移すと、メルルも目の前の景色に目を奪われ、茫然《ぼうぜん》としている。

……こんな景色が見られたのも、メルルが誘ってくれたおかげなんだよな……。

「メルル」

「はい？」

「今日は誘ってくれてありがとう。すごく楽しかったよ」

「！　はいっ！」

俺たちは改めて笑い合うと、最後まで観覧車を満喫するのだった。

＊＊＊

優夜《ゆうや》たちが遊園地を楽しんでいるころ。

オルギスは王城の執務室で仕事をしていた。

すると、兵士の一人が慌ただしくやって来る。

「陛下！」

「どうした」

「邪教団の信徒の一人を捕まえることに成功しました！」

「何⁉」

なんと、現在優夜を捜して【大魔境《だいまきょう》】を行軍している、邪教団の信徒の一人を捕まえたという報告だった。

「分かった、すぐに向かう」

オルギスは手にしていた書類を一旦置くと、すぐに兵士の案内で信徒のもとへ向かう。

信徒は尋問室におり、オルギスは到着すると、すぐ部屋の中に通された。

そこには、手足を拘束された一人の男が座っており、妙な真似《まね》をしないよう兵士たちが目を光らせている。

オルギスは男の前に座ると、単刀直入に尋ねた。

「貴様は邪教団の信徒か？」

有無を言わせぬ口調でそう聞くも、男は気圧《けお》されることなく、平然と答える。

「そうだとしたら何だというんです？」

「何？」

「我々が何をしたっていうんですか？」

「それは……」

男の問いに、オルギスは答えることができなかった。

というのも、邪教団は『邪《じゃ》』を崇《あが》める危険な集団ではあるものの、特別周囲に危害を加えたりはしていなかったのだ。

人類の敵である『邪』を崇拝するという思想自体は危険ではあるが、それだけで捕らえ、罰を与えることはできなかった。

「この国はずいぶんと野蛮になったんですねぇ？」

「貴様っ！」

「よい」

男の言い草に、すぐさま兵士の一人が斬《き》りかかろうとするが、オルギスがそれを制した。

「貴様の言う通り、邪教団の面々が直接我が国に被害をもたらしたわけではない。だが、この国が貴様らの崇める『邪』によって甚大《じんだい》な被害を受けたのも事実だ。だからこそ、貴様らの思想を放置するわけにはいかない」

「……貴方《あなた》たちもまた、我らの邪魔をするというわけですが」

オルギスの言葉を受け、男は表情を消すと、静かに呟《つぶや》いた。

だが、すぐに笑みを浮かべる。

「ですが、もう遅いですよ？　すでに我らの計画は動き始めた」

「計画だと？」

「ええ！　我らが神に傲慢にも逆らった神敵を捧《ささ》げることで、我らの神を呼び寄せるのだ！」

「なっ⁉」

男の口から語られた内容に、オルギスたちは目を見開く。

もし男の言葉が本当なら、あの絶望の化身ともいえる『邪』が復活することになる。

「おい、貴様！　それはどういう――」

「――――」

オルギスがさらに質問を重ねようとした瞬間、男が目を見開き、笑みを浮かべたまま、息絶えていることに気づいた。

その口から血が流れていることから、舌を噛《か》み切ったことが見て取れる。

「クソっ！　おい、今すぐコイツを回復させろ！」

すぐさま周囲の兵士に指示を出し、男に回復魔法をかけるが、時すでに遅く、男が息を吹き返すことはなかった。

「へ、陛下……申し訳ございません……」

「……いや、いい。今回は完全に我の落ち度だ。邪教徒の狂信っぷりを見誤ったな……」

できればもっと情報を集めたかったオルギスだが、男が死んでしまったことにより、それはできなくなった。

とはいえ、手に入れた情報も確かにあった。

「我らの神を呼び寄せる……まさか、本当に『邪』が復活するとでもいうのか……？」

優夜によって倒され、ようやく平穏を手にしたと思ったのに、再び『邪』の脅威が近づいていることを知り、険しい表情を浮かべるオルギス。

ただ『邪』が復活するだけでも大事《おおごと》なのだが、それ以上に気になることを男は口にしていた。

「神敵を捧げる……まさか、『聖《せい》』を生贄《いけにえ》にすることで、『邪』を呼び寄せる儀式が存在するとでもいうのか……？」

さすがは魔法大国の国王、すぐさまそういった魔法が存在する可能性に気づいたものの、その生贄の対象が優夜であることまでは見抜けなかった。

「……国王議会が終わったばかりだが、少しでも警戒するようにすぐ親書を各国に送る。杞憂《きゆう》であればよいが……」

オルギスは重いため息《いき》をつくと、すぐに執務室へと戻るのだった。

＊＊＊

休日をメルルと遊園地で楽しんだ後、学校では通常授業と並行して体育祭の練習が行われ、ついに本番当日の朝を迎えた。

残念ながらナイトたちは連れてくることができず、オーマさんはいつも通りふてくされていたが、我慢してもらった。

本当は家族として来てほしかったけど、ずっと一緒にいられるわけじゃないし、何かあったら困るもんな。まあナイトたちはお利口さんだから、心配はないんだけど……。

そんなわけで、準備を終えて学園に向かうと、凜《りん》の言っていた通りたくさんのテレビ局のカメラマンが撮影の準備をしていた。

『さあ今年もやってまいりました、王星《おうせい》学園体育祭！　本日の司会を務めさせていただきますのは、放送委員の白瀬《しらせ》でございます！』

準備を終え、皆《みんな》がグラウンドに集まると、なんと実況中継のような勢いで、放送委員の白瀬さんによる放送が始まった！

体育祭の放送ってこんなに派手だったっけ⁉

『そして今回は解説役としまして、体育教師の大木《おおき》先生もお呼びしてます！　よろしくお願いします、大木先生』

『皆さんの活躍、期待してますよ』

まさかの解説付き⁉

ま、まあ外部から誰かを呼んだとかじゃないし、普通なのかな……？

『さて、皆さんもご存じだとは思いますが、簡単にルールを説明しますね。この体育祭では赤組と白組に分かれ、それぞれの競技で競い合い、順位別にポイントが与えられます。そのポイントの合計値で勝敗が決定するわけですね。ただし！　だからといって同じ組の人たちが仲間だとは限りません！　なんと、クラスごとの獲得ポイントによって、後日開催される学園祭の予算が決定するのです！　その上、順位別の副賞もございますから、皆さん、死ぬ気で勝ちに行きましょう！』

「「「うおおおおおおおおお！」」」

す、すごい熱気だ……！

白瀬さんの言葉に、男女問わず全員闘志を漲《みなぎ》らせ、雄叫《おたけ》びを上げていた。

ここまで熱いと親御さんたちも困惑してるんじゃ……。

そう思って観客席に視線を向けると――――。

「白組ぃぃぃぃ！　負けるんじゃねぇぞぉぉおお！　俺はお前らに全食事を賭けてんだ！」

「あらあら、白組に賭けるなんて素人《しろうと》ですわねぇ？　情報収集が足りないんじゃないかしら？　今年は赤組、この事実は覆《くつがえ》りませんことよ！」

「いやぁ……俺も若けりゃ参加したかったんだがなぁ。毎年副賞がとんでもなく豪華だしよ」

「確かに。去年も副賞がすごかったもんな。俺もこんな学園生活を送りたかったぜ……」

皆さん、普通に受け入れてらっしゃる⁉

この中で驚いてるの俺だけ⁉

驚く俺をよそに開会式が終わると、改めて白瀬さんのアナウンスが入る。

『会場もいい感じに盛り上がってまいりました！　それでは早速、最初の競技に移りましょう！　出場する選手は、入場口に集合してください！』

こうして、ついに王星学園の体育祭が幕を開けるのだった。

『さあ、パン食い競走です！　今回皆さんに食べていただくパンは、【焼きたて堂】さんのパンを使用しております！　焼きたてほやほやの美味《おい》しいパンを食べたい方は、ぜひ

【焼きたて堂】さんまで！』

そこで宣伝するの⁉

も、もしかして、こういった形で企業とかにサポートしてもらう代わりに、宣伝することになってるのかな？

『ちなみにですが、用意されているパンの中に一枚だけ、激辛パンが仕込まれております！　これは足の速さだけでなく、運も試されますねぇ』

ここでギャンブル的要素も入れてくるのか⁉

俺のクラスからは、この競走に晶《あきら》を筆頭とした何人かの男子たちが出場することになっているのだが……。

『さぁて、続いて選手の紹介に移りますが……まずは晶選手！　久々の登場です！』

「僕に任せたまえ！　この【パン食いの貴公子】がお手本を見せてあげようじゃないかっ！」

本当に晶の貴公子っぷりは底知れないなぁ。

でも大丈夫かな？　なんだか妙に嫌な予感が……。

謎の嫌な予感を抱いていると、ついにパン食い競走がスタートすることに。

晶は元々運動自体が得意なこともあり、誰よりも早くパンの場所まで辿《たど》り着いた。

「フハハハハ！　見よ、この華麗なパンの食べ方を……！」

ぶら下げられたパンに勢いよく齧《かぶ》り付く晶。

そして――――。

「か……か、辛ああああああああああああああ⁉」

晶は顔を真っ赤にして口から火を噴いた！

『おおっと、晶選手！　どうやら激辛パンに当たってしまったようだあああああ！』

「み、水！　水をくれえええええええ！」

晶はそのままコースから外れ、急いで水を飲みに行ってしまった。

その間に他の生徒たちは何事もなくパンを咥《くわ》え、ゴールしてしまうのだった。

クラスの控えのテントに戻ってきた晶の唇は、真っ赤に腫れている。

「ふ、ふふふ……さすがの僕も、あの辛さには勝てなかったよ……」

「えっと……大丈夫？」

「まだ唇が痛い……」

でしょうね……見るからに腫れあがってるもんな……。

晶をいたわっていると、次の競技が始まろうとしていた。

『さあて、お次は……借り物競走です！　選手は一斉にスタートしたのち、中身が伏せられた紙の中から一枚引いてもらいます。そして、そこに書かれたものを手に、ゴールしてください！』

「楓《かえで》ーー！　負けるんじゃないよーー！」

「……ファイト」

「凜ちゃん、雪音ちゃん、ありがとう！　頑張るよ！」

借り物競走には楓が出場するようで、俺も応援する。

「楓！　頑張ってね！」

「ゆ、優夜《ゆうや》君!?　う、うん！　頑張るよ！」

楓は気を引き締めた様子でスタート地点まで向かうのだった。

＊＊＊

「わわ……優夜君に応援されちゃった……！」

スタート地点まで移動した楓は、先ほどの優夜の言葉を思い返し、顔を赤く染めた。

夏休みに一緒に遊んだりしたことで、また少し仲良くなれたと思ってはいるが、楓としてはもっと親密になりたいと思っていた。

「はぁ……私の身長がもう少しあればなぁ……」

だからこそ、凜が優夜と二人三脚に参加すると決まった時、楓は素直に羨ましいと思ってしまったのだ。

足の速さには自信があったが、そこだけはどうしようもなかった。

「ダメダメ！　せっかく優夜君が応援してくれたんだし、借り物競走頑張らないと……！」

改めて気を引き締める中、白瀬のアナウンスが響き渡った。

『先ほどのパン食い競走でも白熱した戦いが繰り広げられましたが、次の借り物競走は、どれだけ簡単なお題が引けるか、そしてその借り物がすぐに見つけられるか、この二点が勝負のカギを握るでしょう！　皆さん、準備はいいですか？　それでは――』

白瀬のアナウンスに続いて、ついにスタートが切られる。

すると、一斉に生徒たちが走り出したが、お題の並ぶ台には、足の速さに自信がある楓が一番に辿り着いた。

「えっと、ここから一枚を引けば……！」

楓は迷うことなく一枚の紙を手に取り、その場で開く。

そして――――。

「え⁉」

楓はそこに書かれているお題に、思わず固まってしまった。

すると、他の生徒たちも次々とお題を手に取り、その場で確認し始めた。

「はあああああ⁉で、伝説の剣って何⁉」

「きょ、教頭先生のカツラ、だと……？」

「ひと繋《つな》ぎの大秘宝ってあるの⁉」

「クソオオオオオオオ！　彼女って……独り身の俺への当てつけかああああああ！」

まさに阿鼻叫喚《あびきょうかん》。

どれも一筋縄ではいかないお題ばかりで、全員が頭を悩ませていた。

『おおっとぉ！　全選手、お題の場所から動くことができません！　大木先生、ここからどのような展開が予想されますか？』

『そうですね……一応運営側としては、滅茶苦茶《めちゃくちゃ》なお題も交ぜつつ、達成可能なものも仕込んでいるのですが……運が悪いことに、それぞれ都合のいいお題が手に入らなかったみたいですね』

冷静に解説を続ける白瀬と大木先生だったが、楓はそれどころじゃなかった。

「こ、このお題って……で、でも、連れていかないと勝てないし……」

混乱する楓。

すると、控えのテントにいた優夜が、声を上げた。

「楓ー！　大丈夫⁉」

「ゆ、優夜君……」

そんな優夜の姿に、楓は覚悟を決めると、そのまま優夜の下へ駆け寄った。

「ゆ、優夜君、一緒に来て！」

一瞬で楓のお題に合う借り物が自分なのだと理解した優夜は、テントから飛び出すと、

「お、俺⁉　わ、分かった！」

そのまま楓の手を掴《つか》んで走り出す。

本当なら優夜の手を握っている状況に嬉《うれ》しさを覚えるはずだが、今の楓はそれどころではない。

ただ、運がいいことに、他の面々はまだ目的の借り物を手に入れることができていなかったため、楓と優夜は一位でゴールすることができた。

『最初にゴールしたのは、赤組の楓選手！　その手が繋いでいるのは、今我が校で話題の

転入生、優夜選手です！　一体どんなお題だったんですかね？』

『そうですね……まあそこはご想像にお任せします、と言っておきましょうか』

どこか生温かい視線を大木先生から向けられた楓は、顔を赤くして俯《うつむ》いた。

「ふぅ……無事にゴールできてよかったね。お題の借り物は俺でよかったみたいだけど……一体、どんなお題だったの？　転入生とか？」

「え!?　あ、う、うん！　そう！　そんな感じのお題だったんだ！」

優夜の問いかけに慌てて答える楓。

「(い、言えるわけがない！　お題の内容が『今、気になっている人』だなんて……！)」

そんな楓と優夜の姿は、テレビ局から見ればいい被写体であり、早速カメラで撮影されていることに二人は気づかないのだった。

＊＊＊

『さて、ゴールまで辿り着けた選手の少なかった借り物競走ですが、次の競技は玉入れです！』

楓のお題に合う借り物として、一緒にゴールした俺だったが、他のほとんどの人がゴールに辿り着くことすらできなかったようだ。

そ、そりゃそうだよね……伝説の剣とかどこから借りてくればいいんだか……。

それよりも、次の競技は玉入れである。

玉入れには慎吾《しんご》君を含め、多くの生徒が参加するが、白組からはユティが出場していた。

ただ、それと同時に佳織《かおり》も白組の一員として参加しているのだが……一体どうなるんだ……？

『さて、両組とも準備はよろしいでしょうか？　それでは……スタート！』

「フッ！」

白瀬さんの合図とともに、ユティは真っ先に動くと、地面に転がる無数の玉を一気に蹴り上げた。

そして、空中に浮かぶ玉を一瞬で回収すると、次々と籠へ放り投げていく。

「――――『流星群・体育祭版』」

『おおっと！　先ほどの優夜選手に次いで、中等部で話題のユティ選手！　信じられない身体能力と投擲《とうてき》技術で次々と玉を籠へと収めていく！』

『おお……天上《てんじょう》も体育の成績がすさまじいが、彼女もすごいな。これは高等部に来るのが楽しみだ』

案の定、ユティの独壇場ともいえる試合内容で、ユティは片っ端から玉を的確に籠に入れていく。

ちなみにこの玉入れだが、普通の学校に比べて用意されている玉の数が多く、その上、籠も大きく、複数用意されていた。

そのため、非常に迫力のある玉入れが繰り広げられているのだが……。

「えいっ！」

「ぐはっ⁉」

「た、田中《たなか》⁉　ぶへっ！」

「さ、斎藤《さいとう》おおおおお――――がはっ⁉」

『おおっと、佳織選手！　すべての玉があらぬ方向へ飛んで――――危なっ⁉』

ユティと同じ白組の佳織は、投げる玉のすべてをとんでもない方向へ飛ばしていた。

しかも、その玉はわざとなのか偶然なのか、赤組の生徒たちへと襲い掛かり、次々と赤組の陣営が倒れていく。

『こ、これはなんということでしょう⁉　佳織選手の暴投により、赤組の選手たちが減っていくぅ！』

「ぼ、暴投⁉」

白瀬さんのアナウンスにショックを受けている佳織だが……こ、これぱかりは暴投と言われても仕方ないかも……。

倒れる仲間たちを前に、何とか生き残っている赤組の皆は、まだまだ続く佳織からの投擲を避《よ》けながらの玉入れとなっていた。

「うえええええ⁉　こ、これを避けながら投げるのは無理じゃない⁉」

「安心したまえ！　【玉入れの貴公子】たるこの僕が——ぶへ⁉」

「晶《あきら》ああああああ！」

「ご、ごめんなさい！　で、でも、投げないと勝負が……！」

佳織は自分のコントロールの悪さを謝りつつも、試合ということで真剣に投げ続ける。

その結果、レベルアップしている俺でさえ見失う速度の玉を避け続けなければならないという、これまた別の競技へと変わっていた。

そんな阿鼻叫喚の玉入れも終わり、結果発表。

『え、ええっと……ただ今の競技ですが、ユティ選手と佳織選手の活躍により、赤組は合

計五十個、白組は三百個で、白組の勝ちですね……』

「勝利」

「あはは……」

ユティはいつも通りの様子でそう口にすると、俺に視線を向け、Vサインを送ってくるのだった。

＊＊＊

『そ、それでは、改めて次の競技に移りましょう！ 続いては、障害物競走です！』

「あ、俺の番だ」

「ゆ、優夜《ゆうや》君！ 頑張ってね！」

「……優夜なら大丈夫」

「まあ優夜なら大丈夫だろうねぇ」

楓《かえで》たちからの応援の言葉を受けつつ、スタート地点まで向かうが、その間にグラウンドに設置されていく障害物の様子に、徐々に頬が引きつるのを感じた。

「こ、これがコースなのか……？」

なんと、グラウンドには、どこぞの体力自慢が挑戦するような、本格的な障害物ステージが用意されていたのだ。

『さて、毎年人気の、王星《おうせい》学園名物、本格的障害物競走！　各コースに設置されている障害物を乗り越え、ゴールを目指しましょう！』

待て待て待て！

まさか、障害物競走が名物なの⁉　いや、この規模の障害物を見ちゃうと納得だけども！

俺自身、王星学園の体育祭がテレビ放送されるほど人気だということは凜《りん》たちから聞くまで知らなかった。

だからこそ、普通の学校より少し規模の大きな障害物競走なんだろうなぁって予想していたが……。

改めて参加者の生徒たちを見渡すと……そこには屈強な男子たちしかいなかった。

「ついにこの日が……」

「この日のために調整を重ねた我が肉体……どこまで通用するかな⁉」

雰囲気的にゴールすること自体が難しいみたいじゃない⁉　大丈夫なのか？

『さあ、今年はどんな名勝負が繰り広げられるのでしょうか？　それでは皆さん、位置について！　よーい……』

パン！　という軽快な合図とともに、一斉に走り出す俺たち。

すると、まず最初の障害物が立ち塞がった。

『最初に選手の皆さんを阻《はば》むのは、高さ約五メートルの急勾配の壁です！　しっかりとした助走と、壁を駆け上がる力がなければ、この障害物は乗り越えられないでしょう』

白瀬さんの言う通り、ほぼ垂直の壁が、俺たちの前に現れた。

「これくらいなら……ふっ！」

俺はその壁に向かって少し勢いをつけて跳び上がると、そのまま壁の頂上に手をかけ、乗り越える。

『おおっと、優夜選手！　一瞬にしてこの障害物を乗り越えました！』

『さすがですね。普段の彼ならこれくらいは簡単でしょう。ですが、この後も余裕でいられるでしょうか？』

俺のようにアッサリとはいかずとも、次々と障害物を乗り越え、後を追ってくる生徒たち。

そんな俺たちの前に、第二の障害物が立ち塞がった。

「いっ⁉」

次の障害物はわざわざ高い台の上に置かれた平均台で、下には水が張られた簡易プールが設置されている。

しかも、その平均台は、普通に渡れるようにはできていなかった。

『選手たちを待ち受ける第二のエリアは、次々と襲い掛かる振り子を避けながら、突き進む必要があります！』

そう、平均台の上を進む俺たちの行く手を阻むように、クッション性のある大きな振り子が攻撃してくるのだ。

しかも――――。

「へっ！　この程度で俺様が……」

生徒の一人が早速平均台に乗ると、なんとその平均台が回転し始めたのだ。

「うえええええ⁉」

慌ててバランスをとり、必死にしがみつく男子生徒。

だが……。

「はっ⁉　うあああああああああ！」

『あ、忘れてました！　この平均台、なんと回転するんです！　それに気をとられていると、そのまま振り子の餌食《えじき》になります！』

『まさに、バランス感覚と視野の広さ、冷静さが求められる障害物ですね』

そう、回転する平均台に気を取られている最中、振り子にぶつかったことで、その男子生徒はプールに落ちてしまったのだ。

その様子を見て、先に進むことを躊躇《ちゅうちょ》する俺たち。

……でも、先に進まないとゴールできないし……。

俺は覚悟を決めると、平均台に足を掛けた。

『おっと、優夜選手！　果敢に攻めるか⁉』

足を乗せて分かったが、ちょっとしたバランスのズレで、この平均台は回転する。

だが、足場が悪い場所での戦闘訓練という名目で、散々ウサギ師匠やイリスさんに鍛えられていた俺は、何とか回転する平均台の上でバランスを維持しつつ、振り子による攻撃を避け、クリアすることに成功した。

『な、なんと！　優夜選手、またしても最初に第二の障害物もクリアしてしまった！』

『素晴らしい！　ここまで綺麗《きれい》にクリアできた生徒を見るのは初めてだ』

『大木先生も大絶賛ですね。他の生徒たちですが、さすがに優夜選手ほどスムーズに進むことはできないものの、他の生徒を振り子の盾にしたりして、着実にクリアしていく！』

『ですが、ここからさらに厳しくなっていきますよ』

まだ難易度上がるの⁉

大木《おおき》先生のアナウンスに驚きながら先に進むと、今度は五メートルほどの長さの雲梯《うんてい》が用意されていた。

しかも、ぶら下がるためのバーが太い上に間隔も広いため、握力がかなり必要になる。

幸い異世界で色々な経験をしてきた俺は、その障害物も一気に渡り切ってクリアすることができた。

次の障害物エリアには巨大な鉄球が置かれており、それをこのエリアのゴールまで運ばなければいけないらしい。

持ち上げた感覚としては、成人男性くらいの重さがあったが、これも『世界打ち』という武器を異世界で扱っていたからか、問題なく攻略できた。

『すごい、すごいぞ、優夜選手！　次々と立ち塞がる障害を華麗に乗り越えていく！』

『まさかここまでとは……これは大会新記録が出るんじゃないか⁉』

『なんと！　どうやら私たちはその歴史的瞬間を目の当《ま》たりにするかもしれません！』

『だが、最後の種目は果たしてクリアできるかな？』

他にも張り巡らされた有刺鉄線の下を潜《くぐ》り抜けたり、何故《なぜ》かバレーボール部によるスパイクの嵐を潜り抜けたりと、ここまで来るだけで普通なら疲れ果てて倒れてしまうような障害物の連続だった。

そして、腕の力だけでロープを使って垂直の壁を登るエリアを抜けると、俺の目の前に最後の障害物が立ちはだかる。

それは……。

『さあ、現在トップを爆走している優夜選手！　ついに最後の障害物に辿り着きましたが、これは……！』

『そう、綱渡りだ！』

なんと、最後の障害物エリアには、細いロープが一本あるだけだった。

しかも、ゴールまでの距離は十メートル以上あるように見える。

『ここまで全力を出し切り、すでに疲れているであろうところに、この綱渡り。最初の方に平均台がありましたが、その時とはわけが違います！　なんせ体中の筋肉が悲鳴を上げており、バランスを保つだけでも難しいでしょう！』

『もちろん、ぶら下がる形で進んでも構いません。ただ、そうなると後続の選手たちによる妨害も懸念《けねん》されますね』

大木先生の言う通り、超慎重に綱を渡っているところを後ろの選手たちに追いつかれれば、綱を揺らされ、落とされる可能性もある。

幸か不幸か、この夏休みは異世界や宇宙空間での戦闘ばかりで体力がついており、このくらいなら問題なくバランスをとれるだけの体力は残っているが……。

「優夜君、頑張ってー！」

「優夜ー！　お前ならいけるぞー！」

「皆《みんな》……」

赤組のテントから次々と飛んでくる声援。

その声援を受け、俺は一つ試してみることに。

『おおっと、ついに後続の選手もやって来たぞ！　これは優夜選手にとって、不利な展開となるか⁉』

『いや、待て！　天上《てんじょう》のヤツ……この状況で普通に綱渡りをするつもりか⁉』

おそらく大木先生や運営側の人たちは、この綱渡りは普通に歩いて渡るというより、ぶら下がりながら先に進むことを前提に考えていたのだろう。

だからこそ、俺が何の躊躇《ためら》いもなく綱に一歩踏み出したことに驚いていた。

――――だが俺は、普通に綱渡りをするつもりはなかった。

「フッ！」

『な、何ぃぃぃぃいいいいい⁉』

一歩踏み出したことで、大きくしなる綱。

そして、そこからもとに戻ろうとする力を利用し、俺は一気に向こう岸まで跳んだのだ。

『と、跳んだあああ！　優夜《ゆうや》選手、しなる綱の反動を利用して、無理やり跳び越えてしまったあああああああ！』

『そんなバカな⁉　いくら綱を利用してるとはいえ、十メートル以上の距離を跳べるのか⁉』

驚く白瀬《しらせ》さんたちの反応をよそに、無事に向こう岸に着地すると、俺は一気に駆け抜け、ゴールした。

『ご、ゴオオオオオオル！　優夜選手、圧倒的な速度でゴールしました！　しかも、そのクリアタイムは、大会新記録です！　というより、これを超えられる選手が出てくるんでしょうか⁉』

『い、いや、無理だろうなぁ……この手のプロ選手でも厳しいと思うぞ……』

『プロ選手を超えるって意味が分かりませんね！』

な、何だか色々言われてるが、ひとまず勝ててよかった。

そう思いながらテントに戻ると、亮《りょう》たちが出迎えてくれた。

「優夜、すげぇじゃねぇか！」

「うんうん、どの障害物も一瞬でクリアしちゃうんだもん！」

「……見てて気持ちよかったね」

「そ、そうかな？　ありがとう」

「で、でも優夜君、大丈夫？　次は綱引きだけど……」

慎吾《しんご》君が心配そうにそう言うが、俺は特に問題なかった。

「うん、これくらいなら大丈夫だよ」

「こ、これくらいって……アンタ、化け物すぎないかい？　出場してた他の連中見てみなよ？」

凜《りん》の言う通り、他の選手たちは疲れ果てており、皆重い足を引きずってテントまで戻り、そのまま倒れ伏していた。

ま、まあ俺も異世界でレベルアップしてなければとてもじゃないが、クリアできなかっただろう。

ただ、ここ最近はウサギ師匠やイリスさんとの修行に加えて、宇宙空間での戦闘などもあり、否《いや》が応《おう》でも体力がつく状況下にいたのだ。

詳しい説明をするわけにもいかないので、曖昧な笑みで誤魔化《ごまか》しつつ、次の競技である綱引きに挑むのだった。

＊＊＊

綱引きは男女別で行われる。結果として、男子チームは赤組が勝利したものの、現在、女子チームは白組が優勢となっていた。

というのも、白組にはユティがいたのだ。

「くっ！　このままでは……！」

綱引きに参加していたメルルは白組のユティに対抗するためか、エイメル星の技術を何か使おうとしたようだったが……。

「阻止。その前に倒す！」

その時、ユティの目が光った。

「なっ⁉」

『うわあああああ⁉』

ユティはメルルが何かをする前に綱を思いっきり引くと、そのまま赤組の女子たち全員をまるで魚のように釣り上げたのだ。

当然、そのまま落下すれば危険だが、そこはユティが瞬時に飛び出し、全員を空中で一人ずつキャッチして、丁寧に下ろした。

「確保。大丈夫？」

「は、はいぃ！」

……その何人かは、ユティに対して顔を赤く染め、キラキラとした目を向けていた。

「悔しいですね……本気で勝ちにいったのですが……ユティさんの方が上手でした」

「ま、まあユティは強いから……でも、メルルだって初めての体育祭なのに、大活躍じゃないか」

そう、メルルは転入生ということもあって、周囲から注目されていたが、その期待に応えるように勝利に貢献しているのだ。

実は玉入れの時も、赤組の得点のほとんどはメルルによるものだった。

「玉入れの時は本当に計算外でした……まさか白組からあそこまで強力な攻撃が飛んでくるとは……！」

「あ、あはは……」

メルルの言葉に、俺は苦笑いすることしかできない。

強力な攻撃というが、あれはただ単に佳織《かおり》が投げた制御を失った玉があちこち飛んでいただけなのだが……メルルの言う通り、その飛んでくる玉の威力が尋常じゃないんだよな。

普段は運動が苦手な佳織だが、この点だけ見れば、世界でもトップクラスかもしれない。

俺も反応できないしね……。

「それよりも、ユウヤさんこそ大活躍じゃないですか。障害物競走、すごかったですよ？

それに、男子の綱引きだってユウヤさんの力があってこその勝利でしょうし」

確かに今の俺は普通の人よりはるかに強力《ごうりき》だが、だからといって俺一人の力で勝てたなんて思っていなかった。

「次は応援団とチアリーディング、でしたか」

「俺の方はともかく、メルルもチアリーディングに参加するの？」

「ええ。頑張って覚えましたから。その……楽しみにしててくださいね？」

メルルは少し頬を赤く染め、そう告げると、足早に去っていくのだった。

＊＊＊

メルルとの会話の通り、綱引きが終わった後は一度昼休憩をはさみ、その後、応援団やチアリーディングを披露することになる。

今までの体育祭なら俺一人で食事をしていただろうが、今回は佳織に誘ってもらい、一緒にお弁当を食べることに。

ユティのお弁当も俺が作っていたので、一緒に佳織たちのところにお邪魔させてもらい、楽しく昼食をとることができたのだった。

そして――――。

「赤組のおおおおおお！　健闘を祈ってええええええええ！」

普段は着ない学ラン姿で、赤色の鉢巻きを巻いた俺たちは、応援団として練習してきたものを披露した。

というのも、普通に応援団として応援するだけでなく、カジュアルなダンスも披露することになっていたのだ。

正直、体育祭で一番苦労したのはこのダンスかもしれない。

何とか覚えたダンスを披露し、保護者の方々から拍手を受けていると、今度は女子たちのチアリーディングが始まった。

すると、控えのテントに戻った男子たちは一斉に歓声を上げる。

「うおおおおお！　いいぞおおおおおおおお！」

「俺、この学園に入れてよかった……！」

「生足が眩《まぶ》しいぜえええええ！」

チアリーダーの衣装を身に着けた女子たちがそのまま本格的なチアダンスを披露し、それぞれの組を応援したのだ。

見慣れない皆《みんな》の姿と、丈の短いスカートに、俺もドギマギしてしまい、視線が彷徨《さまよ》いまくっていた。

チアリーディングには、佳織や楓《かえで》といった普段から接している子たちも当然参加しており、普段とは違う一面に、どきりとさせられる。

そういった彼女たちの様子を、テレビカメラも必死に追っている。

衣装に目を奪われてしまいがちだが、チアダンス自体も非常に完成度が高く、これはテレビ映えしそうだな。

そんなチアダンスも終わると、白瀬さんによるアナウンスが流れる。

『いやあ、非常に見ごたえのある応援とチアダンスでしたね！　それではここから午後の部を始めたいと思います！　現在の得点は、白組が若干リードしているようですね』

『一種目ごとの派手な勝利は赤組が多いんですが、白組は着実にポイントを獲得し続けていますからね』

どうやら現在は赤組が負けているようで、俺たちのクラスの沢田《さわだ》先生が檄《げき》を飛ばす。

「おーい、お前たちー！　先生のボーナスのためにも頑張れよー⁉」

「いや、もっとかける言葉あるだろ⁉」

すかさずツッコむ亮だったが、沢田先生だしなぁ……。

＊＊＊

そんなこんなで始まる午後の部。

何とか赤組が勝てるように皆《みんな》頑張ってはいるが、あと一歩のところで白組からリードを奪い返すことができないでいた。

『さて、次の種目に移りましょう！　続いては、男女混合二人三脚です！』

「お、アタシらの番だね」

「うん、頑張ろう！」

「凜ちゃん、優夜君、頑張って！」

「……ファイト」

楓たちから応援を受けつつ、スタート地点まで向かう俺たち。

「うーん……どうやら白組には陸上部の生徒が多いみたいだねぇ」

「そうなの？」

「赤組にも陸上部の生徒は何人かいるけど、白組の方が多いね。こりゃあ厳しいかね？」

「どちらにせよ、俺たちだって練習してきたんだし、全力を出し切ろう」

改めて気を引き締めたところで、選手が全員揃《そろ》い、先生の合図とともにスタートが切られた。

「「ふっ、ふっ、ふっ、ふっ！」」

俺と凜は、練習してきた成果を出すため、呼吸を揃えて順調に走り続ける。

ただ、始まる前に凜が言っていた通り、白組には陸上部のペアが多く、二人三脚のスピードもかなり速かった。

「くっ！　このままじゃ……！」

「あ、凜！」

そんな周囲の速度に焦《じ》れた凜が、ペースを上げようとしているのを察知し、すぐにそれに合わせるも、練習では出したことがないスピードだったからか、足がもつれ、倒れそうになってしまった。

「っ⁉」

何とか腰に手を回して支えたことで、凜《りん》が転倒するのは防げたが、凜は目を丸くしつつ、ばつが悪そうな表情を浮かべた。

「わ、悪いね。つい焦《あせ》っちまって……」

「いや、大丈夫だよ。それよりも、足は大丈夫？」

「ああ、大丈夫……っ！」

倒れることは防げた俺だったが、どうやら凜は足を挫《くじ》いてしまったらしく、顔を歪《ゆが》めている。

「凜⁉」

「あちゃー……さっきので捻ったみたいだね……はぁ……焦ってスピードを上げようとした上に、ケガするなんて情けないねぇ……」

このまま走り続けるのは不可能だと判断した俺は、その場で先生たちに棄権することを告げる。

「優夜《ゆうや》、本当にごめんよ」

すると、凜は落ち込んだ様子でそう言うが、ひとまず凜を養護テントに運ぶことが大事だ。

「こればかりは仕方ないよ。それよりも、テントに運ぶね」

「いや、別に歩いて――――きゃっ⁉」

一人で歩いていこうとする凜を制しつつ、俺はすぐに抱きかかえると、養護テントまで運び込んだ。

その間、凜は顔を赤くして何かを言おうとしていたが、結局言葉が出てくることはなかった。

ま、まあ皆がいる前で抱きかかえられて運ばれるのは恥ずかしいかもしれないけど、我慢してほしい。

凜を運び終え、赤組の控えテントに戻ると、楓たちが心配そうに声を掛けてきたが、ひとまず大丈夫であることを伝える。

結局、またしても白組とのポイントの差は縮まらないのだった。

＊＊＊

そして午後の部の種目もどんどん進んでいき、ついに最後の種目、騎馬戦となった。

「これが最後か……普通の体育祭に比べて、圧倒的に濃い時間だったたな……」

「まあな。しかもこれが全国でテレビ放送されるってんだからすごいよなぁ」

「で、でも、これだけ豪華だと、やっぱり見たくなる気持ちは分かるなぁ。オリンピックとか国体とかまではいかないけど、それでも盛り上がりそうだもんね」

「そうだな！　しかも、今回は白組と大接戦だ。今は負けてるが、この騎馬戦に勝てば、俺たちの優勝だぞ！」

亮《りょう》の言う通り、今のところ大接戦で、この騎馬戦に勝った組が優勝できそうだった。

「そんじゃあ準備はいいか？」

「もちろん！」

「任せたまえ！　この【騎馬戦の貴公子】がしっかりと支えようじゃあないか！」

「が、頑張るよ！」

　俺たちの騎馬は、亮と慎吾《しんご》君、そして晶《あきら》の四人組で、上は俺が務めることになった。

　本当に俺でいいのか聞いたのだが、三人とも俺しかいないと、力強く頷《うなず》いてくれたのだ。

　ここまで期待されている以上、頑張らないとな……。

『さて、ここまで大激戦を繰り広げてきた体育祭も、次の騎馬戦が最後の種目となります！　現在の得点も非常に競《せ》り合っており、この騎馬戦の勝者が、体育祭優勝となります！』

『この騎馬戦に関しては、俺も含めて先生たちでサポートに回る。ここまで全力を出してきたから皆疲れているとは思うが、だからこそ、ケガに注意してくれ』

　やはり競技が競技なので、先生方のサポートを受けつつ、行われるみたいだ。

　そんなこんなで男子全員が騎馬を組み、俺も皆の上に乗ると、いざ試合が始まる。

　騎馬戦のルール自体は、一定時間自由に戦い、そのあと、残った組で一騎打ちをする形式だった。

「お前ら！　赤組の大将を引きずり下ろせぇぇぇぇ！」

「白組の大将を狙うんだ！」

大将騎馬も存在しており、それぞれ三年の屈強そうな先輩方が務めている。

そんな先輩方の指示に従い、騎馬を操っていると、ついに騎馬同士の戦いが始まった。

「その首寄越《よこ》せえええええええ！」

「沈まんかいいいいいいいいい！」

物騒すぎませんかねぇ⁉

いざ、突撃が始まると、皆目を血走らせ、狂ったように相手の騎馬を倒しに向かった！

『おおっと、激しい戦闘が繰り広げられています！　ただ、状況を見るに、白組の方がやや優勢でしょうか⁉』

俺も他の先輩方に負けないように戦うが、混戦状態であること、そして本気で倒そうものなら相手をケガさせてしまう可能性もあり、なかなか思うように動けない。

何とかしようと、この状況下で力加減を探っていると、試合が動いた。

『な、なんと白組！　赤組の大将を狙うように見せかけ、周囲の戦力を削っています！』

白瀬《しらせ》さんのアナウンス通り、いつの間にか赤組の他の騎馬たちはチームを組んだ白組の騎馬に圧倒され、制限時間が迫るころには、赤組には俺と大将騎馬を含め、三騎しか残っていなかった。

それに対し、白組の騎馬は、なんと十騎以上も残っている。

『これは赤組にとって、非常に厳しい状況です！　このまま白組に封殺されてしまうのかあああああ⁉』

ルールに則《のっと》り、ここからは一騎打ちがスタートするのだが、大将騎馬は最後と決まっており、俺たちはその一つ前であることが決定した。

「だ、大丈夫かなぁ……」

「うぅん……さすがに【騎馬戦の貴公子】たる僕であっても、この状況をひっくり返すのは絶望的と言わざるを得ないね……」

晶の言う通り、ここから赤組が巻き返すのはかなり厳しいだろう。

いざ一騎打ちがスタートするも、その初戦でそれまで残っていた赤組の騎馬が負けてしまった。

これで赤組は俺たちと大将騎馬の二騎だけとなる。

ここまで差がついたことで、白組はもはや勝利を確信しており、余裕が窺《うかが》えた。

だが――――。

「優夜くぅぅうううん！　頑張ってぇええええ！」

「亮も慎吾も晶も、負けるんじゃないよおおおお！」

「先生のボーナスのためにも、死ぬ気で頑張れー！」

赤組のテントから次々と飛んでくる声援に、俺たちは負けるわけにはいかなくなった。

「き、聞こえる……僕らを称《たた》える声援が……！　これなら、僕はいくらでも戦い続けられるよ！」

「さ、さすがにいくらでもってのは難しいけど……ぼ、僕も頑張るよ！」

「ああ！　ここまで応援されて、一騎も倒せずに終わるわけにはいかねぇよな⁉」

亮たちも皆《みんな》の声援に、改めて気を引き締めると、最初の戦いに臨む。

そして――――。

『こ、これはあああああああ⁉』

白瀬さんの絶叫が、響き渡った。

俺たちは、一騎打ちが始まるや否《いな》や、そのまま玉砕する勢いで突っ込むと、相手の騎馬をどんどんなぎ倒していったのだ。

『つ、強い、強いぞ、優夜選手！　次々と白組の騎馬をなぎ倒していきます！』

「ハアッ！」

「ぐあああっ！」

一騎、また一騎と、騎馬を倒していく俺たち。

しかし、一騎打ちは勝ち抜き方式なので、俺たちが負けるまで戦い続けることになる。

「そ、そろそろ【騎馬戦の貴公子】の腕が悲鳴を上げてるんだが⁉」

「お前、始まる前はいくらでも戦えるって言ってただろう！」

「ご、ごめん、亮君！　ぼ、僕もそろそろ限界かも……！」

「慎吾もか⁉」

そう、俺を支えてくれている騎馬の亮たちに限界が訪れていた。

何とか皆の負担を減らすために、相手の攻撃を受け流しつつ、素早く倒しているのだが、それでも下の三人の腕にかかる負担はすさまじい。

それに、亮たちが恐れることなく突撃してくれるからこそ、俺は伸び伸びと戦うことができているのだ。

「ごめん、皆！　あと少しだから……！」

俺はさらに素早く相手の騎馬を倒していき、ついに白組の大将騎馬だけとなった。

『な、なんということでしょう！　まさか、本当に優夜選手たちだけで、あの数の騎馬をなぎ倒してしまったああああああ！』

「きゃあああ！　優夜君、すごい！」

「元々とんでもないのは分かっちゃいたけど、改めて見るとすごいねぇ」

俺たちが白組の大将との一騎打ちまで勝ち進んだことで、赤組の控えテントからは歓声が上がる。

「大将おおおお！　絶対に負けるんじゃねぇぞおおおおおおお！」

「相手は連戦で疲れてる！　絶対に勝てるはずだあああ！」

だが、白組の戦意も決して衰えていない。

むしろ、後がなくなったことで、より闘争心を燃やしていた。

すると、相手の大将は、俺をまっすぐ見つめ、堂々と言い放った。

「敵ながら天晴《あっぱれ》だ！　しかし、この試合、勝つのは我々白組である！」

「いいえ！　勝つのは俺たち赤組です……！」

その言葉を合図に、俺たちはぶつかり合う。

しかし相手の大将騎馬は、騎馬も屈強な生徒たちで構成されており、すでに疲労困憊《ひろうこんぱい》の亮たちは弾《はじ》き飛ばされた！

「うおっ⁉」

「踏ん張れ、慎吾、晶あ！」

「ふ、踏ん張ってるとも！」

「ふんー！」

亮たちは何とかして先輩の猛追を受け流そうとするも、上手《うま》くいかない。

俺も早く大将を倒そうとするが、騎馬の動きが非常に巧みで、組み合おうとすればさっと引かれ、そのせいでまた亮たちがバランスを崩すという悪循環に陥っていた。

でも……!

「ハッ!」

「な、何⁉」

亮たちがバランスを崩したところを大将騎馬は突撃してくるが、それを俺は利用し、崩れそうなバランスを体幹で支え、相手の大将をついに掴《つか》んだ!

「うおおおおおおお!」

「はあああああああ!」

相手もただやられるわけもなく、必死に抵抗してくる。

俺はその力も利用し、白組の大将を崩そうとしたが——。

「す、すまん、優夜《ゆうや》あああ!」

「!」

ついに亮たちのスタミナが尽き、俺たちの騎馬が瓦解《がかい》する。

だが、俺はその勢いを利用し、相手の大将を掴みあげると、そのまま一緒に地面まで引きずり下ろした！

そして、俺と相手の大将は同時に地面に着地したのだった。

『け、決着ですっ！　なんと、優夜選手が白組の大将騎馬と相打ちになりました！　これにより、騎馬戦は赤組の勝利！　今年の体育祭は、赤組の優勝です……！』

「「「わあああああああああ！」」」

白瀬さんによるアナウンスが流れると、大歓声がグラウンドに響き渡る。

「ゆ、優夜！　やったな！　俺たちの勝ちだ！」

「どうだい、この【騎馬戦の貴公子】たる僕の底力からはッ！」

「さ、さすが優夜君！　あの場面で相手も道連れにするなんて……！」

亮たちが駆け寄り、口々にそう告げる中、白組の大将を務めていた先輩が、手を差し出してきた。

「いい試合だった。完敗だよ」

「あ、ありがとうございます！」

俺は先輩と握手を交わすのだった。

＊＊＊

全種目が終了した体育祭だったが、最後に全員でフォークダンスを踊ることに。

当然、予行練習もしていたが、いざ競技を終えて踊るとなると、また違った感覚だ。

一人一人入れ替わりながら、白組も赤組も関係なく、楓《かえで》をはじめとする赤組の女子たちや、中等部のユティとも踊った。

同年代の女子とダンスをしたことがないのでドキドキしていると、佳織《かおり》と踊ることになった。

「優夜さん！」

「佳織！」

手を取り合い、踊り始めると、やはり気恥ずかしさがこみあげてくる。

すると、佳織が口を開いた。

「赤組、優勝おめでとうございます。騎馬戦の優夜さん、本当にカッコよかったですよ？」

「そ、そうかな？　その……あ、ありがとう……」

面と向かってカッコいいと言われると、顔が熱くなるな……。

「白組なので、本当は白組を応援しないといけないんですけど……つい優夜さんを応援しちゃいました」

まるで悪戯《いたずら》がばれた子供のように笑う佳織に、俺は思わずドキリとする。

「でも、本当に楽しかったですね」

「うん、楽しかった」

顔を見合わせて笑う。

――こうして、王星《おうせい》学園に来て初めての体育祭が終わるのだった。

第三章　新たなトラブル

体育祭から数日後。

オーマさんは退屈そうだったが、俺としては待ち望んでいた平穏な日々が続いていた。

すると、ある休日、俺の家をとある人物が訪れた。

「神楽坂《かぐらざか》さん！」

「久しぶりね」

なんと、神楽坂さんが俺の家を訪ねてきたのだ。

玄関で話すのも何なので、ひとまず家の中に招き入れると、神楽坂さんは続ける。

「その、こっちの状況も少し落ち着いたから、また異世界に連れていってもらえないかと思って来たの」

どうやら神楽坂さんは、オルギス様との約束や、自身が召喚された意味をしっかりと考えたうえで、異世界に蔓延《はびこ》る邪獣《じゃじゅう》たちを倒すため、向こうの世界に行くというのだ。

すると、その話を聞いていたオーマさんが欠伸《あくび》をしながら口を開く。

『いいではないか。最近は何も起こらなすぎてつまらんかったからな。久しぶりに向こうの世界に行くのもよかろう』

オーマさんの言う通り、ここ最近はこっちの世界で平穏な日々を満喫していたので、異世界には行けていなかった。

『それに、ユウヤも体が鈍ってるのではないか？　その調子だと、【蹴聖《しゅうせい》】のヤツにまたしごかれるぞ』

「うっ……」

た、確かに修行は最近してなかったけど……。

俺としては、別に戦いたいわけではないので、修行しなくてもいいのだが、異世界で安全に過ごすためには、やはり力が必要なのだ。

それはアヴィスをはじめとする、『邪《じゃ》』との戦闘で嫌というほど実感している。

しかも、宇宙からの侵略者との戦いでは、シエルも連れ去られそうになったりと、かなり苦戦を強いられてしまった。

「分かりました。久しぶりに向こうの世界へ修行をしに行きますね」

そんなこんなで異世界に向かうことが決定したわけだが、いつも通りナイトたちに加え、今回はユティも付いてくるらしい。

「修行。私も最近、体を全力で動かしてない」

というのも……。

ということらしい。

俺は体育祭でかなり体を動かしたつもりだが、ユティからすればあれは体を動かしたうちに入らないのだろう。

そういうわけで、準備を整え、神楽坂さんと一緒に異世界に向かうと、そこでまたオーマさんが口を開く。

『ユウヤ。お前はこの小娘をレガル国まで転移魔法で送るつもりか？』

「え？　は、はい。そのつもりでしたけど……」

『久しぶりのこの世界だ。一応、体を慣らすためにも森を通っておけ』

「え⁉　も、森を通るって……ここ、超危険なんでしょ⁉」

オーマさんの言葉に、神楽坂さんは驚くが……。

「そう、ですね。せっかくですし、歩いて【大魔境《だいまきょう》】の入り口まで向かいましょうか」

「アンタ正気⁉」

ま、まあ知らない人からすれば、危険な森をあえて通ろうとするなんて正気の沙汰とは思えないだろうな。

とはいえ、入り口までの道のりは慣れたもので、しかも、この【大魔境】の奥地に生息する魔物を相手にするより、圧倒的に安全だ。

そういう意味では、俺も戦闘の感覚を取り戻すのにちょうどいい。

神楽坂さんも最終的にはオーマさんに説得され、渋々承諾するのだった。

＊＊＊

「ハアッ！」

「やあっ！」

【大魔境】の入り口まで進む俺たちは、襲い来る魔物に的確に対処していた。

最初こそ、神楽坂さんは魔物たちとレベルが違いすぎることもあり、まともに戦えていなかったが、それを俺が補助する形で一緒に戦闘していると、みるみるうちにレベルが上昇し、今では【大魔境】の入り口付近の魔物なら、一人でも相手にできるまでになっていた。

「ま、まさか私も、アンタと同じで人間をやめることになるとはね……」

「いや、別に俺は人間やめてないですからね⁉」

そりゃあ地球の人からすると信じられない力かもしれないが、人間をやめたつもりは毛頭なかった。

そんな感じで進んでいると、俺は不意にこちらに向かってくる集団の気配を感じ、足を止めた。

「なんだろう？　この辺じゃ感じたことのない気配がこっちに来るけど……」

すると、俺より先にその気配に気付いていたであろうオーマさんが、怪訝《けげん》そうな表情を浮かべた。

『なんだ……？　賢者の気配が……微《かす》かにしている……？』

「え⁉」

なんと、向かってくる集団から、あの賢者さんの気配がするというのだ。

まさかの情報に驚いていると、ナイトが唸《うな》り声を上げる。

「グルル……」

「ふご？」

「ぴ？」

ナイトが唸り声を上げたことに、アカツキとシエルは驚いているが……まさか、敵、なのか？

俺もいつでも戦えるように武器を構えると、ついにその集団が姿を現した。

「！　お、お前は……！」

「み、見つけたぞおおおお！」

「え!?」

現れたのは、同じような黒いローブに身を包んだ人間の集団だった。

その中でもひときわ豪華なローブを着ている男が、俺を指さして叫ぶ。

「貴様、テンジョウ・ユウヤだな？」

「ど、どうして俺のことを!?」

まさか見知らぬ集団から俺の名前が出てくるとは思わなかったため、驚いていると、豪華なローブの男は、俺に向かって何やら呪文を唱え始めた！

「危険！　ユウヤ、避《よ》けて！」

「ガアアアアッ！」

そんな相手に、すぐさまユティとナイトが反応し、そのまま呪文を唱えている男に襲い掛かる。

しかし、その攻撃を、後ろに控えていた集団が、体を張って止めた！

「わふっ⁉」

「驚愕《きょうがく》。この展開は、予想外……！」

「ちょ、ちょっと、どうなってるのよ⁉」

皆、訳の分からない状況に困惑していると、豪華なローブを着た男が、勝ち誇ったような笑みを浮かべた。

「ククク……アハハハハ！　もう遅い！　今ここに、我らの悲願は達成される！」

「なっ⁉」

次の瞬間、ひと際強い光が男の手から放たれたと思うと、俺の足元を中心に、どこか禍々《まがまが》しい気配の魔法陣が出現した！

「う、動けない⁉」

「ウソでしょ⁉」

「ユウヤ！」

俺は必死にその魔法陣から逃れようとするも、何故《なぜ》か体が全く動かず、身動きが取れなかった！

『ユウヤ！』

するとこの事態はさすがにオーマさんも予想していなかったようで、普段手を貸さないはずのオーマさんが、俺の魔法陣を消し飛ばすように魔法を放った。

だが――――。

『なっ⁉　ば、馬鹿な！』

なんと、オーマさんの一撃でさえ、俺を拘束する魔法を消し飛ばすことができなかったのだ！

「無駄だ！　その魔法は、あの忌々《いまいま》しき賢者が発明したもの！　一度発動したら最後、もはや逃れることはできん！」

『賢者の魔法だと⁉』

男の言葉を聞いて、俺はようやくオーマさんが先ほど口にしていた賢者さんの気配のわけを理解した。

「ちょっと！」

「ユウヤ！」

「わん！」

神楽坂さんたちが必死に手を伸ばすも、魔法陣から放たれる魔力により、物理的な干渉すらも弾《はじ》かれる。

そして、恍惚《こうこつ》とした表情を浮かべる男は、空に向かって叫んだ。

「さあ、我らが神の復活の時だあああああああ！」

「わん！　わん！」

「ぶひ！　ぶひぃ！」

「ぴー！」

男の言葉に反応するように魔法陣が光り輝くと、俺の視界は暗転するのだった。

＊＊＊

「っ!?」

暗転した視界が徐々に光を取り戻す中、俺がゆっくり目を開けると――――。

「え」

とんでもない速度で襲い掛かる斬撃《ざんげき》が、目の前に迫っていた！

「えええええ⁉」

俺は訳も分からないまま、転がるようにその攻撃を避けるも、なぜか攻撃は止《や》むことなく次々と襲い掛かってくる。

「ちょ、ちょっと！　なんなんだこれはあああああ！」

「！」

思わず叫びながら必死に攻撃を避けていると、不意に攻撃の嵐が止んだ。

「お、終わったのか……？」

俺は息を整えながら辺りを見渡すと、一人の人物が目に入った。

その人物は、俺より少し年上くらいに見える青年だったが、その青年を一目見た瞬間、俺は目を奪われた。

透き通るような白髪に、澄んだ青い瞳。

まるでこの世の物とは思えないような、浮世離れした神々《こうごう》しい気配をその青年は放っていたのだ。

思わず息を呑んで見つめていると、青年は一切の動揺も見せず、淡々と言う。

「――お前は、誰だ？」

「え？」

その声すらも聞き惚れてしまいそうなほど、どこまでも完成された青年の問いかけに、俺は呆《ほう》けて答えることすらできない。

すると……。

「まあいい。お前が何者かは知らないが……ヤツがいなくなり、お前が現れた以上、お前もヤツと同じようなものなのだろう」

「ん？　え、ちょっと⁉」

もはや話は無用と言わんばかりに青年は剣を構えると、無造作に振り下ろした。

「――――⁉」

だが、その一撃は、俺が今まで見てきた誰の攻撃よりも鋭く、そして綺麗《きれい》だった。

「って、見惚《みと》れてる場合じゃない！」

慌てて正気に戻り、再び青年の攻撃を避けるも、その先にはまるで俺がそこに避けることをあらかじめ知っていたかのように、すでに別の斬撃が飛んでいたのだ！

「ウソだろ⁉」

こんな芸当、あの『剣聖《けんせい》』であるイリスさんですら不可能だろう。

というよりも、イリスさんの攻撃が霞《かす》んでしまうほど、青年から放たれる攻撃はどれも圧倒的で、無造作な一振りから放たれる斬撃のすべてが、すでに『剣聖』の技を遥《はる》かに超えていた。

もっとじっくり考察したいところだが、今の状況がそれを許してくれない。

空中へと放り出された俺は、どうやっても避けることは不可能だと判断し、戦うことは不本意だが、【全剣《ぜんけん》】を取り出し、青年の斬撃を防ごうとしたが……。

「ぐっ⁉」

「！」

なぜか、【全剣】で防ぐ前に、まるで磁石が反発し合うかのように、青年の斬撃に弾かれた。

謎の力で弾かれたのにも驚いたが、その威力が今まで感じたことがないほど強く、さらに空中ということもあって、踏ん張る間もなく吹き飛ばされてしまう。

訳も分からない状況の中、何とか体勢を整え、上手《うま》く着地をすると、すぐに青年からの追撃に備えた。

だが――――。

「え……い、いない⁉」

「──なぜ、お前もその剣を持っている？」

「がっ⁉」

一瞬にして、その青年に腕を掴《つか》まれた俺は、地面に叩《たた》き付けられた。

そして青年は、俺の首元に剣を突き付けながら、静かに聞いてくる。

「もう一度聞くぞ。なぜ、お前がそれを持っている？」

「な、何を言って──」

そこまで言いかけた俺は、青年が手にしている武器を見て、目を見開いた。

なぜなら……。

「そ、それは……【全剣】⁉」

なんと、青年が持っていたのは、今、俺が手にしている剣──【全剣】に他ならなかったのだ。

だが、【全剣】が二本同時に存在することはあり得ない。

なんせ、俺が賢者さんから受け継いだものこそ、本物のはずだからだ。

も、もしかして、さっき青年の斬撃を防げずに見えない何かで弾かれたのは、何でも斬《き》れる【全剣】同士による衝突が原因なのか？

もし片方が負ければ、それは矛盾を生むことになる。

だからこの世界ではその矛盾が発生しそうな状況になると、それを止めようとする力が働くとか……。

不可解な状況に頭が追い付かず、青年の問いに答えることができないでいると、青年は俺をじっと見つめ、何かを考えると、俺から静かに手を離した。

「え？」

「……確証はないが、理解した。君は私の敵ではないようだ」

「そ、それはどういう……」

どういう理由かは分からないが、ひとまず俺が青年にとっての敵ではないと判断されたことに安堵《あんど》する。

い、いや、それよりも、この青年は一体誰なんだ？

あの男たちの魔法で視界が暗転したと思ったら、いきなり目の前の青年に襲われるし……というより、ここはどこだ？

改めて周囲を見渡すも、そこは先ほどまで俺がいた【大魔境《だいまきょう》】とは違う場所だった。

【大魔境】が雄大な自然に囲まれているのに対し、今俺がいる場所は、それとは真逆の……生命の息吹《いぶき》が一切感じられない、荒涼とした大地が広がっているだけだった。

すると、そんな俺の様子を見てか、青年が静かに教えてくれる。

「ここは【世界の廃棄場】。世界のあらゆる負の感情が集まる場所だ」

「ふ、負の感情？　それって……」

『――ああ、オレたちの故郷だな』

「クロ！」

最近はクロと話す機会も減っていた中、久しぶりに声が聞こえてきた。

ただ、今はそのことを喜ぶより先に、クロの言葉が気になった。

「ま、待って。故郷ってことは……ここが『邪《じゃ》』の本拠地⁉」

『まあそういうことだな。それよりユウヤ。お前、絶対ソイツに手出すなよ？』

「え？」

いつになく真剣というか、恐怖一色で染まった様子のクロの言葉に、俺は困惑してしまう。

アヴィスの時ですら、ここまで怯《おび》えた様子は見せなかったクロが、目の前の青年にはひどく怯えているのだ。

「そう怖がるな。私にお前をどうこうするつもりはない」

「そ、それならよかった……って、クロの声が聞こえるんですか⁉」

「ああ」

サラッと告げられた言葉に、俺はただただ絶句する。

こ、この人……一体何者なんだ⁉

「私の名前はゼノヴィスだ」

——俺の心の声が聞こえたのか、目の前の青年はそう告げるのだった。

第四章　賢者ゼノヴィス

謎の襲撃者――邪教団による魔法で、消えた優夜《ゆうや》。

「ユウヤ……！」

ユティが急いで優夜がいた位置に駆け寄ろうとするも、それはできなかった。

何故《なぜ》なら――。

「おお、おおおお！　ついに……ついに我らの神が復活された……！」

先ほどまで優夜がいた場所に、別の人影が。

「――ここは、どこだ？」

それは以前ナイトたちによって倒されたはずの『邪』の王、アヴィスを彷彿《ほうふつ》とさせる禍々《まがまが》しい気配を纏《まと》った者だった。

だが、その禍々しさは、アヴィスを軽く超え、その場に佇《たたず》んでいるだけでユティやナイト、それにアヴィスを倒したシエルでさえ、圧倒され、まともに動けなくなってしまう。
そんな周囲の様子を気にも留めず、その場に現れた『邪』は、不思議そうに自身の体を見下ろしていた。

「ふむ……妙なこともあるものだ。ヤツの攻撃で傷ついていた体が、なぜか癒えている……」

「それは、我々が貴方様《あなたさま》をお呼びしたからでございます！」

「ん？」

そこで初めて邪教団の存在に気付いたその『邪』は、静かに問いかける。

「この我を呼び寄せたと言ったな。なぜだ？」

「は、はい！　我々は、邪教団。貴方様『邪』を崇拝する者たちでございます！　ですが、この時代の我らが神は、とある人物によって、滅ぼされてしまいました……」

「何？　この時代の？　どういうことだ」

「この世界は、貴方様が生きていたころより、遥かに進んだ時代でございます。この時代にいらした我らの神は、とある男によって滅ぼされてしまいました……ですが、貴方様と戦った賢者が発明した究極の魔法を発動することによって、その男と貴方様を入れ替えることに成功したのです！　そう、まさに……あの賢者と戦ってみせた、歴代最強の『邪』

である貴方様を……！」

「つまり、この時代の『邪』を滅ぼした者と、我を入れ替えたと？」

「そうです！　これで、この時代にはもう、貴方様を邪魔する者はおりません！」

邪教団の教祖の言葉を聞いた『邪』は、納得した様子で肩を震わせた。

「そうか、そういうことか……クク……ハハハハハ！　これは傑作だ！　我を滅ぼそうとしたヤツの魔法が、結果的にこの世界の首を絞めることになるとは！　クハハハハハ！」

高笑いを続ける『邪』だったが、そんな『邪』に対し、冷静に言葉を紡《つむ》ぐ者が一人残っていた。

『――残念だが、貴様の寿命は長くない』

「ん？」

友である賢者の魔法を悪用し、優夜を消されたことで、オーマは静かにキレていた。

そんなオーマの様子を見て、ユティたちもようやく安堵することができる。

そう思っていたが……。

「なんだ、誰かと思えば……賢者に情けなくも叩きのめされた創世竜《そうせいりゅう》ではないか。貴様のような雑魚《ざこ》に興味はない。失《う》せろ」

『……』

なんと、現れた『邪』は、オーマから放たれる圧力に押し負けるどころか、対抗してみせたのだ。

「驚愕《きょうがく》。ま、まさか、オーマさんが……」

まるで信じられないといった様子で、現れた『邪』を見つめるユティ。

すると、オーマ自身が静かに口を開いた。

『特に不思議なことではない。ユウヤたちが倒したこの時代の【邪】は遥《はる》かに弱かった。だが、こやつは別格だ。なんせ、敗れたとはいえ、あの賢者と戦っているのだからな』

「ハハハハハ！　よく分かっているではないか！」

オーマの言葉に笑みを浮かべる『邪』。

そして――――。

「そうだ、我こそが『邪』の王――――イヴィルである！」

イヴィルの体から、すさまじい『邪』のオーラが噴き出すのだった。

＊＊＊

俺は一瞬、青年の言葉が理解できなかった。

だが……。

「ぜ、ゼノヴィスって……え、ゼノヴィスぅぅぅ⁉」

待って、嘘《うそ》でしょ⁉

この目の前にいる青年が……あの賢者さん⁉

ちょっと脳みそが処理できない勢いで次々と情報が流入してくる中、青年……ゼノヴィスさんは顔色一つ変えずに頷《うなず》いた。

「そうだ。私はゼノヴィスだ」

「……」

もはや言葉すら出ない俺。

そもそもゼノヴィスさんは遥か昔に亡《な》くなっているはずじゃ？　とか、でも賢者さんじゃないとあの【全剣《ぜんけん》】を持ってることを説明できないし……とか、とにかく色々な推察が頭の中を巡っていた。

ただ一つ言えるのは、さっきまでの攻撃は、俺がこれまで見たこともない、至高の次元のものだということだ。

なんせ、無造作に振るったその一撃が、イリスさんやウサギ師匠の磨き抜いた技を遥かに上回っているのだ。

それに、もし本当に賢者さんなのだとすれば、クロが全力で怯えていたことも納得できる。そもそも、絶対に勝てるはずがないのだから。

信じられない状況に困惑する俺だが、ゼノヴィスさんは少し眉をひそめた。

「それにしても……困ったな」

「え？」

「私は今、この場所で『邪』の王とやらと戦っていたのだ。しかし、トドメを刺そうというところで……君が現れた」

「あ……」

そこまで言われて、俺は改めてこの場所に突然やって来た経緯を思い出す。

あの時のことを整理して考えれば、俺はあの謎の男が使った賢者さんの魔法で、この場所に飛ばされてしまったのだろう。

しかも、状況を見るに、ただ違う場所に転移させられたのではなく、遥か昔にタイムスリップさせられたようだ。

そして、あの男たちの言動から推測するに、彼らこそが先日オルギス様から教えてもらった、邪教団だったのだろう。

つまり、あの魔法で俺はこの時代の『邪《じゃ》』と入れ替えられたことになる。

「そんな……一体どうすればいいんだ……」

完全に手詰まり状態で頭を抱えていると、ゼノヴィスさんが声を掛けた。

「君の状況を教えてほしい」

「え？　で、ですが、推測が多くなりますが……」

「別にかまわない」

ゼノヴィスさんがそう言ってくれたので、俺はひとまず自分なりに今の俺の状況を説明した。

すると……。

「なるほど。だいたい私の推測通りだな」

「ええ⁉」

まさか推測できてたんですか⁉

トンデモ発言に驚くも、ゼノヴィスさんは何てことない様子で頷く。

「ああ。そもそも私の武器が二つある時点で、君がこの時代の人間じゃないことは分かっていた。となると、過去はあり得ないとして、答えは未来だ。次に、私が戦っていた『邪』が消え、君が現れたのも、二つの対象物を入れ替える魔法を使ったからだとするなら納得がいく。まあ細かい制限などはあるだろうがね」

「な、なるほど……」

「ただ、推測できたのはそれくらいだ。なぜ、未来の人間が君とこの時代の『邪』をわざわざ入れ替えたのかは理解できないが」

「お、おそらくですけど、未来にも『邪』が生まれまして、それを僕や僕の家族、そして『聖《せい》』の皆さんと協力して倒したんです。なので、僕をその時代の世界から消せば、障害が減るって考えたんじゃないかと……」

「何？　君の時代は、『邪』の一人も簡単に倒せないのか？　それは……さすがに想定外だな」

「えっと……なんかすみません……」

俺たちが弱すぎることが想定外だと言われてしまえば、謝ることしかできなかった。

ただ、ウサギ師匠もイリスさんも強いので、この時代というか、ゼノヴィスさんがおかしいだけだと思う。いや、思いたい……！

「まあいい。それよりも、君は私の魔法を悪用した連中にこの時代に飛ばされたということだが……残念だが、今の私ではその魔法を解析し、送り返してやることはできない」

「そ、そうなんですか？」

「ざっと君の体を見ると、微《かす》かに魔法の残滓《ざんし》が残っていたので、簡単に解析してみたが……これ以上ないほど完璧な魔法理論が構築されている。この魔法には、今の私では理解できないイメージがいくつも用いられているみたいでね。いずれ私が完成させるのだろうが……今の私では無理だ」

「はぁ……」

唯一の頼みの綱であった、魔法の開発者であるゼノヴィスさんから無理だと言われてしまえば、もはや手の打ちようがなかった。

どうしたものかと途方に暮れていると、ゼノヴィスさんは不意に空を見上げ、どこか面倒くさそうな表情を浮かべる。

「はぁ……またか」

「え？」

何か空にあるのかと、俺も空を見上げると、何かがこちらに降ってきていた！

「――――まぁあああ！」

「へ⁉　ま、まさか……！」

目を凝らしてこちらに降ってくるモノを見つめると……なんと、一人の女の子がすごいスピードでこちらに突っ込んできていた！

「ええええええええ⁉　お、女の子が空から落ちてくるううううう⁉」

「気にするな。いつものことだ」

「いつもなの⁉」

なんだ、その日常！

あまりにも信じられない光景に驚いていると、徐々に女の子の姿が露《あらわ》になる。

その子は、どこか神々《こうごう》しさを感じさせるボブカットの金髪で、瞳は澄んだ青色。

しかも、頭には天使の輪と、背中には純白の羽が生えていたのだ！

女の子はまっすぐこちらを目掛けて突っ込んでくる。

「～さまああああ！　ゼ～ノ～ヴィ～ス～さ～まああああああああ！」

「うるさい」

「ふげ⁉」

なんと、猛スピードで突撃してきた天使のような女の子を、ゼノヴィスさんは顔色一つ変えず、素手で顔を掴《つか》むことで受け止めたのだ！

顔を鷲掴《わしづか》みにされた女の子は、その場で暴れて抵抗するも、ゼノヴィスさんの力が強く、全く逃れられないことを悟ったのか、最終的には大人しくなった。

すると、ゼノヴィスさんはため息を吐《つ》きながら女の子を解放する。

「はぁ……何度言えば分かる。普通に来いと言ってるだろう」

「だ、だってぇ！　ゼノヴィス様、普通に来ると相手してくれないじゃないですかぁ！」

「面倒だからな」

「だからこうして直接攻撃してるんです！」

あれ、やっぱり攻撃なんだ⁉

まさかの発言に驚いていると、女の子は俺の存在に気付く。

「およ？　なんだか見慣れない顔が……って、貴方《あなた》！　この時代の人間じゃないですよね⁉　何でここに⁉」

なんと、女の子は俺を一目見ただけで、この時代の人間じゃないと見抜いた。

な、何で分かったんだ？

驚く俺をよそに、ゼノヴィスさんは特に気にせず続ける。

「私の魔法が原因で、この時代に来てしまったらしい」

「え、ゼノヴィス様の⁉　……相変わらずとんでもない才能ですねぇ」

ゼノヴィスさんの発言に女の子は頬を引きつらせた後、表情を改めて俺に向き直った。

「それでは自己紹介を！　私は見ての通り、天使のラナエルです！」

「は、はあ……て、天上優夜《てんじょうゆうや》です……」

「テンジョウ、ユウヤ……なーんて言いますか……貴方、この時代の人間じゃない上に、別世界の人間なんですねぇ」

「そ、そこまで分かるんですか⁉」

名前を言っただけなのに、ラナエルさんは俺という人間が何者なのか、正確に当ててみせた。

「そりゃ当然ですよ！　私、こう見えて『観測者』様の使いですから！」

「か、観測者？」

聞きなれない単語に首をかしげると、ゼノヴィスさんが説明してくれる。

「観測者とは、この世界ではない……もう一つ上の次元の存在だ」

「そうだ。我々にとって馴染《なじ》み深い言葉でいえば……神、だな」

そのゼノヴィスさんの言葉を聞いて、俺は初めて洞窟でゼノヴィスさんの書を読んだ時のことを思い出した。

確か、ゼノヴィスさんは生きながらにして、神々から接触や勧誘があったと……。

すると、ラナエルさんは再びゼノヴィスさんに視線を向けた。

「そう、神、神様ですよ⁉　それなのにゼノヴィス様は、何でその神になることを拒否するんですかぁ！」

「神になど興味がないからな」

「バッサリ！」

まさに一刀両断といった様子で告げるゼノヴィスさんに、ラナエルさんも頭を抱えた。

「それで、今日は何をしに来た？　まさか、性懲りもなく神になれと勧誘しに来ただけか？」

「そんな私が暇人みたいに言わないでくださいよぉ！　た、ただ、その……まあお願いと言いますか、何と言いますか……」

「……貴様、何をやらかした？」

ラナエルさんの態度が急に変わったことで、何かを察知したゼノヴィスさんは、軽く眉をひそめながら問いかける。

「ちょ、ちょっと待ってください！　なんで私が何かをしでかした前提で話すんですかぁ⁉」

「貴様ならやりかねん」

「嫌な信頼！　ち、違いますよ！　別に私が何かをしたわけじゃないんですが……その……『虚神《うつろがみ》』の力が、この世界に流れたみたいなんです」

「……なんだと？」

ゼノヴィスさんは、ここにきて初めて、はっきりと顔色を変えた。

「観測者は何をやっている？　神を名乗るくせに、まともに仕事もできんのか？」

「うっ」

「……まあいい。だが、虚神《うつろがみ》の力がこの世界に流れたとして、なぜ、そこで私がその解決を手伝うことになるのだ？　観測者の問題ならば、そちらで処理しろ。こちらの世界に問題を持ち込むな」

「だ、だって仕方ないんですよぉ！　観測者様たちはいつも人手不足なんですぅ！　だからゼノヴィス様を誘ってるのに……と、とにかく！　観測者様は虚神《うつろがみ》本体の相手で忙しいんです！　だから、この世界に虚神《うつろがみ》の力が流れてしまったことまで手が回らないんですよ！」

もはややけくそ気味にそう叫ぶラナエルさん。

ゼノヴィスさんもこれ以上言っても仕方ないと思ったのか、大きなため息を吐いた。

「はぁ……それで、虚神《うつろがみ》の力は誰に流れ、誰が虚神《うつろがみ》の尖兵《せんぺい》になってしまったのだ？」

「え、えっとぉ……そのぉ……」

「なんだ、早く言え」

「…………創世竜《そうせいりゅう》です」

「……私は一度、貴様ら観測者どもに喧嘩《けんか》を売りに行くべきかもしれんな」

「ぎゃあああ！　ごめんなさいごめんなさいぃいいいい！」

必死に謝るラナエルさん。

正直、話の内容が全く分からないのだが……創世竜ってことは、オーマさん？

そうか、確かにこの時代にもオーマさんはいるんだ！

ただ、俺のことは知らないだろうが……。

というか、観測者って神様なんだよね？　それに喧嘩を売るって普通に言い放てるゼノヴィスさんって……。

そんなことを考えていると、俺が一人だけ置いてけぼり状態なことにゼノヴィスさんが気付き、再び状況を教えてくれる。

「そうだな……観測者は上の次元の存在だと言ったが、その上の次元でも私たちと同じように、争いが起きている。その相手こそ、虚神《うつろがみ》だ」

「うつろがみ……」

「まあ私も知識として知っているだけで、実物は目にしたことがない。なんせ、本来は私たちとは関係のない話だ。上の次元のことは、上の次元で解決する。そうあるべきなのだが……時折、観測者が虚神《うつろがみ》を押さえきれず、虚神《うつろがみ》の力がこの世界に流れることがある。そして、その力には意思があり、力を求めるものにその力が流れると、虚神《うつろがみ》の尖兵と化すのだ。そう、尖兵になるのだが……よりによって創世竜か……」

「あの、その創世竜って、谷で寝ている……？」

「ん？　ああ、そうか。ユウヤの時代では、そうなのだな。だが、ソイツではないだろう。アイツは自分の力にプライドがあるからな。そういえば先日それを誇示して暴れていたので、私が殴って大人しくさせたばかりだが……私に負けたからといって、誰かの力を借り

て強くなろうと思うようなヤツではない」

どうやらオーマさんがその虚神《うつろがみ》の尖兵とやらになったわけではなさそうだ。

ゼノヴィスさんの言う通り、オーマさんなら、神様が力をくれるって言っても、断りそうだもんなぁ……。

……ん？　待てよ？　でもそうなると、創世竜って……。

「あ、あの、一つ聞きたいんですけど……創世竜って何体いるんですか？」

「二体だ」

「ええっ⁉」

まさかの事実に、俺は唖然《あぜん》とする。

今までオーマさんと過ごしてきたが、そんな話は聞いたことがなかった。

というより、レクシアさんたちから創世竜の話を聞いた時も、オーマさんのことしか言ってなかったが……もしかして、俺たちが知らないだけで、もう一体、あの時代でも生きているんだろうか？

「それで、貴様はその始末を私にしろと？」

「うう……だ、だって、私じゃとうてい虚神《うつろがみ》の力を得た創世竜に勝てませんから……」

「そうなんですか？」

「ど、どーせ私は観測者様の使いの天使ですから！　上の次元で暮らしてるとはいえ、そんなに強くないんですぅ！」

「は、はぁ……」

「その結果、人手が足りんからと私を頼るのはやめてほしいものだがな」

今の話を聞くと、本当なら観測者たちが何とかしないといけない出来事なんだろうが、当の本人たちは虚神《うつろがみ》の本体との戦いで身動きが取れず、かといって天使であるラナエルさんだけではとても敵《かな》わないので、ゼノヴィスさんの力が必要……ってことらしい。

呆《あき》れた様子のゼノヴィスさんだったが、不意に何かを思いついた様子で口を開いた。

「ふむ……仕方ない。乗り気ではなかったが、その話、手伝ってやってもいいぞ」

「え、本当ですか!?　じゃ、じゃあ早速――」

「ただし、条件がある」

「じょ、条件……ですか？」

どんな条件が飛び出すのかとラナエルさんが固唾《かたず》を呑んでいると、ゼノヴィスさんは何でもないように告げる。

「ああ。この件を手伝う代わりに……ユウヤを元の時代に返してやってくれ」

「え!?」

「んん？　そりゃあ……手伝ってくださるのなら、それくらいの力の行使は観測者様も許してくださると思いますが……」

まさか俺が元の時代に帰ることを条件にしてくれるとは思わなかった。

「い、いいんですか？　その条件だと、ゼノヴィスさんには何の得もないんじゃ……」

「何を言っている？　君がやるんだ」

「へ？」

耳を疑う言葉が聞こえ、思わず聞き返すも、ゼノヴィスさんは表情を一切変えずに続ける。

「君が虚神《うつろがみ》の尖兵を相手にするんだ。これならば、君がその報酬を受け取るのも当然だろう？」

「ええええええええ!?　い、いやいやいや、無理ですよ！　ただでさえ俺弱いんですよ!?」

「安心しなさい。私も手伝う」

「て、手伝う？」

なんだろう。ものすごく嫌な予感がする……！

すると、そんな俺の想像が当たっていると言わんばかりに、ゼノヴィスさんは今日出会ってから一番の笑みを浮かべた。

「さあ、早速修行をつけてやろうじゃないか」

「い、イヤあああああああああ！」

――俺の絶叫が、【世界の廃棄場】に響き渡った。

第五章　賢者式修行

虚神《うつろがみ》の尖兵との戦いに向けて修行することが確定したわけだが、ゼノヴィスさんはすぐに修行を始めなかった。

「先ほどの攻防で体力を消耗しただろう。少し休憩してから修行を始める」

「そ、そんなことは……」

ない、と言いかけたところで、緊張の糸が切れたのか、一気に疲労が体に圧《の》し掛かってきたのだ。

「あ……あれ……？」

「大人しく休憩しておきなさい。どうせこれからは嫌でも修行を続けることになるのだから」

おっと？　これはウサギ師匠と同じか、それ以上のスパルタな臭いがしてきたぞ？

嫌な予感が続く中、ゼノヴィスさんが軽く腕を振るうと、俺とゼノヴィスさんの足元に魔法陣が展開された。

「え？」

「休むためにも一度、家に戻る」

そうゼノヴィスさんが告げると、まさにあっという間に景色が変わり……そこにはどこか見慣れた森の景色が広がっていた。

「ここは……」

「私の家だ」

そう、俺たちが転移してきた場所は――まさに【大魔境《だいまきょう》】にある賢者さんの家だった。

そこは俺が住まわせてもらっている、未来の賢者さんの家と大きく変わらず、庭には『完治草』などの非常に希少なアイテムが育てられている。

大きな変化のない賢者さんの家に驚く俺だったが、ふとこの場所に転移した際の魔法を思い出した。

……あれ？　何気なくスルーしてたけど、賢者さんって転移魔法が使えるのか？

しかも、俺は扉型に魔法を発現しないと別の場所まで転移できないのに対して、賢者さんは指定した場所まで一瞬で転移できていたのだ。

その事実に驚きつつ、ゼノヴィスさんに促されるまま家に入ると、そこもまた、未来の賢者さんの家と造りは変わらなかった。

ただ、いくつか違う点もあった。まず【全剣《ぜんけん》】や【絶槍《ぜっそう》】といった、すでに受け継いだ武器以外にも、見慣れない武器や防具がたくさん無造作に転がっているのだ。

すると、ゼノヴィスさんが俺に尋ねる。

「どうだ。ここにある物はすべて見たことがあるのか？」

「え？　い、いえ、いくつかは初めて見ますが……そこのとか……」

「ああ……あそこに転がっているものは失敗作だ。そのうち処分する」

「失敗作？」

俺の目にはどう見ても優れた武器にしか見えないのだが、ゼノヴィスさんからすると失敗作らしい。

「例えば……そこに転がっている籠手《こて》。一度装着すれば、二度と外せなくなるぞ」

「え？」

「あと、そっちの剣は、使用者の大量の血が必要だ。使えば使うほど使用者の生命力を消費してしまうなど……まあ説明するまでもない」

「めちゃくちゃ危険ですね⁉」

そりゃあ失敗作と言っても仕方ないような、危険なものばかりだ。

「まあそのうち処分するつもりだが、触れないようにな」

「その……それだけ危険なら、早くどうにかしたほうがいいと思うんですけど……ゼノヴィスさんにとっても危険でしょう？」

おそらくちゃんと処分したから、未来の賢者さんの家にはこの武器は残ってないんだろうけど、それにしたってゼノヴィスさんも誤って触ったりしたら大変だ。

だが……。

「む？　私は特に問題ない。効かないからな」

「効かない⁉」

そんなめちゃくちゃな……。

思わず目を見開いてゼノヴィスさんを見つめていると、そんなことは気にもせず、マイペースにお茶の用意をしてくれていた。

……戦闘力だけじゃなくて、やっぱり賢者さんってとんでもないんだな。

俺は強く実感するのだった。

＊＊＊

ある程度の休憩が済むと、改めて、ゼノヴィスさんとの修行が始まる。

そのため、俺たちはもう一度【世界の廃棄場】まで転移していた。

「さて、修行の前に、どうやら虚神《うつろがみ》の尖兵《せんぺい》となった創世竜《そうせいりゅう》を知らないようだから、その説明をしておこうか」

「お、お願いします……」

もはや修行からは逃れられないので、俺は覚悟を決めると、改めてゼノヴィスさんからオーマさんとは別の創世竜の話を聞くことに。

ちなみにラナエルさんだが、一応俺を元の時代に返すために力を行使していいかを観測者に確認するべく、上の次元とやらに帰っていった。

「君がこの世界をどこまで知っているかは分からないが、この世界……アルジェーナには、『聖《せい》』と『邪《じゃ》』という、二つの概念がある。簡単に言うと、二体の創世竜も、それらを司《つかさど》っているのだ」

「な、なるほど！」

なんと、オーマさんも『聖』と『邪』のどちらかの役割を持っているらしい。

あの感じだと、オーマさんは『聖』なのかな？

そう考えていたのだが、それはあっさりとゼノヴィスさんによって否定された。

「言っておくが、私が殴り飛ばし、今は渓谷で寝ている方は『邪』を司っている」

「そうなんですか⁉」

「ああ。ただ、君がここに来る前まで戦っていた『邪』と、創世竜が司る『邪』は意味合いが少し違う。この【世界の廃棄場】に集まる負の結晶たる『邪』は、まさに邪悪の権化《ごんげ》ともいえるものだ。しかし、創世竜が司る『邪』は、アルジェーナが世界を運営する上で必要な、もっと根源的なものだ。世界は『聖』だけでは決して回らない。『邪』の側面もあって、初めて世界として成り立つのだよ。だから、二体の創世竜はそれぞれ司る属性こそ違えど、実はその両方を内包しているのだ」

「はぁ……」

つまり、オーマさんは『邪』という括《くく》りではあるが、『聖』の力も持っていると……。

確かにアルジェーナさんから貰《もら》った【聖邪開闢《せいじゃかいびゃく》】の力にも『邪』は含まれているが、『邪』のクロやアヴィスのものとは違い、より純粋な力が体から溢《あふ》れてきたんだよな。あれと同じじってことか……。

「で、でも、それならどうして『聖』を司る創世竜が虚神《うつろがみ》の尖兵になったんですかね？」

「簡単なことだ。行きすぎた『聖』もまた、世界にとって毒になるということだ。正義とは、常に正しいものだとは限らない。行きすぎた正義の果ては……無の世界だ」

「……」

ゼノヴィスさんの言う通り、もしこの世の正義を本気で通そうとするのなら、極論すべてを滅ぼすのがいいのだろう。すべてなくなれば、悪も存在しえないのだから。

「そう言えば、観測者は虚神《うつろがみ》本体の相手でこちらの尖兵にまで手が回らないとのことですけど、神様なのに、そういう面では不便なんですね」

「便宜上は神と呼んでいるが、本当のところ、この世界にとっては少し違う」

「え?」

「もちろん観測者どもは上の次元の存在であり、私たちの住む世界のように、下の次元に別の世界を生み出し、破壊することができる。だが、このアルジェーナは観測者の手によって生み出されたのではなく、無から生まれ、生命を誕生させ、発展していった。つまり、観測者どもの力は一切借りていない世界なのだ。いくら上の次元の存在とはいえ、己の力が及ばない存在を、一方的に消すことはできない」

「な、なるほど……」

確かメルルも、アルジェーナさんは原初の宇宙がどうとかって言ってたけど……。

「少し話が逸れたが、それでも観測者が神のような力を持っていることに変わりはないだろう。そして、そんな観測者と敵対している相手こそ虚神《うつろがみ》であり、虚神《うつろがみ》は観測者と同格であるため、簡単に対処できる相手ではないのだ」

メルルの故郷のために宇宙に出て、ドラゴニア星人たちと戦った俺だが、まさかさらにスケールの大きい話を聞くことになるとは思わなかった。

あまりの話の規模に、つい頭が真っ白になっていると、ゼノヴィスさんは続ける。

「さて、これから君がどんな存在を相手にするのかを軽く説明したが、そろそろ修行に移ろう」

「は、はい！」

「というわけで、これを」

「え？」

そう言って渡されたのは、一見何の変哲もない木剣だった。

「今から始める修行では、それ以外の武器の使用を禁止する」

「は、はぁ」

正直、ウサギ師匠やイリスさんとの修行では、実戦さながらに戦うため、常にいつも使用している賢者さんから受け継いだ武器を使ってきた。

だからこそ、ゼノヴィスさんに木剣を渡されたことで、少し拍子抜けしたのだが……その考えがどれだけ甘かったか、思い知らされることになる。

「今回の目標だが、その剣で【全剣】と同じことをしてもらう」

「…………はい？」

俺はゼノヴィスさんの言っていることが理解できなかった。

この木剣で、あの【全剣】と同じこと……？

「何、そう難しいことではない。その木剣で何でも斬《き》れるようになれと言っているだけだ」

「えええええええええええええ!?」

こ、この何の変哲もない木剣で!?

「いやいやいや、そんなことできるんですか!?」

「できるようになるのだ」

「――――」

淡々と告げるゼノヴィスさんに、俺は絶句する。

「ひとまず、修行を始める前に一度、君の剣の腕を見たいのだが、いいか？」

「あ……は、はい！」

慌てて返事をした俺は、手にした木剣を構えると、ひとまず今の俺が放つことができる精いっぱいを見せる。

「――『天聖斬《てんせいざん》』ッ！」

【聖王威《せいおうい》】、【聖邪開闢】、【魔装《まそう》】といった、現状使えるすべての身体強化を施したうえで、俺は『剣聖《けんせい》』の奥義《おうぎ》を放つ。

幸いここは【世界の廃棄場】と呼ばれる場所で、周囲には何もないため、最大限の威力で技を放つことができた。

上段に木剣を構えると、その木剣からすさまじい勢いで『聖』と『邪』のオーラが噴出し、そのオーラごと全力で振り下ろす。

「はあああああああッ！」

今までで一番の威力となった『天聖斬』は、大地に巨大な亀裂を生み出し、遥《はる》か彼方《かなた》まで斬撃《ざんげき》が飛んでいった。

「はぁ……はぁ……こ、こんな感じです……」

全力を出したため息を切らしながらそう告げるが……ゼノヴィスさんは険しい表情を浮

かべていた。

「あ、あの……どう、でした？」

恐る恐る尋ねると、ゼノヴィスさんはとんでもないことを口にした。

「未来の『聖』はそこまで弱いのか……」

「よ、弱い、ですか⁉」

「弱い」

無慈悲なまでにそう断言するゼノヴィスさん。

ここまでキッパリ言われると、もはや何も言えなかった。

「先ほどのあれは、『剣聖』の技かな？」

「そ、そうです」

「何故《なぜ》、技などというモノが存在する？」

なんなんだ、この質問は！　禅問答なのか⁉

技として教わったから、技が存在するとしか言えないのだが……。

もはやゼノヴィスさんの言っていることの意味が全く理解できず、ただただ困惑していると、やはりゼノヴィスさんは何てことないと言わんばかりに告げた。

「技が存在するということは、それ以外の斬り合いの際は一体どうしているのだ？　ただ剣を振り回しているのか？」

「い、いえ、別にそういうわけでは……」

「私が弱いと言っているのは、そこだ。いいか？　本当の『剣聖』ならば、何気ない一撃のすべてが、君や君にその技を教えた『剣聖』が放つ技と同じだけの威力でなければ意味がない」

「は、はぁ……」

まだいまいち理解できないせいで、つい気の抜けた返事をしてしまうと、ゼノヴィスさんは俺と同じように木剣を手にする。

「口だけでは理解しづらいだろう。一度だけ見せるぞ」

「え？」

すると、ゼノヴィスさんはただ何気なく手にした剣を俺に向けて振り下ろした。

「？」

だが、俺は何が起きたのか、そもそも何をしたのかも理解できなかった。

なんせ、何もおかしなところはなかったから。

しかし――――。

「今君は、私が君に剣を向け、振り下ろしたというのに……なぜ、避けなかった？」

「!?」

そこまで言われて、俺はようやく理解する。

ゼノヴィスさんが剣を手にし、振り下ろし、斬るという一連の動作を、人間が呼吸をするのと同じように、ごく自然で、当たり前のこととして受け入れていたのだ。

だからこそ、武器を向けられ、しかもその脅威が俺に向いていたにもかかわらず、俺は反応することができなかった。

もし目の前の相手が敵ならば、俺は殺されたことすら当たり前のこととして、受け入れていただろう。

恐ろしい事実に体中から冷や汗が出るのを感じていると、ゼノヴィスさんは何事もなかったかのように続けた。

「理解したようだな。私は君に剣を向け、振り下ろした。もちろん傷つけるつもりはないから、本当に斬り伏せはしなかったが、あのまま斬っていれば君は死んでいる。私が言っている剣の境地はここだ。だからこそ、私は弱いと言っている。君は敵と戦うたびに先ほどの技に全力を注ぎ、動けなくなるのか？」

「そ、それは……」

次の瞬間、再びゼノヴィスさんが無造作に剣を振るう。

すると、俺が先ほど放った『天聖斬』よりも遥かに強力な斬撃が放たれ、深々と斬撃痕が地面に刻み込まれた。

「まずは考え方を変えなさい。その何気ない一振り一振りを、今まで君が身に着けた技と同じものにするのだと」

「は、はい」

ゼノヴィスさんの言葉に、俺は頷《うなず》くことしかできないのだった。

＊＊＊

優夜《ゆうや》が過去の世界に飛ばされているとは露知らず、とある使命を帯びて地球に来ていたメルルは、母星であるエイメル星と通信していた。

《――――メルルよ。そっちはどうだ？》

「……特に問題ありません」

通信相手はメルルの父親であるマルルだった。

《メルル、分かっているな？　お前の行動次第で、我がエイメル星の未来が決まるのだ》

「……」

マルルは、賢者の遺産である大いなる巨人を操る優夜を何とかエイメル星に引き入れようと画策していたのだ。

それほどまでに大いなる巨人の力は強大で、味方につければこれ以上ないほど頼もしい存在だった。

《これが彼のクローンを生み出すだけで済むなら、ユウヤ殿の体毛の一本でもあれば問題ないのだが……それでは大いなる巨人を手に入れることはできん。あの機神はユウヤ殿本人にしか操ることができないのだ。それは理解しているな？》

「……はい」

《ならばその力を手に入れるには、直接お前がユウヤ殿と交わり、子を生《な》す必要がある。そうすれば、大いなる巨人だけでなく、ユウヤ殿の遺産のすべてが子に引き継がれ、結果としてエイメル星の繁栄に繋《つな》がるのだ》

もともとはドラゴニア星人に虐《しいた》げられてきたエイメル星だったが、その反動か、二度と虐げられることがないよう、さらなる武力を追い求めるようになっていた。

それが結果としてドラゴニア星人と同じ道を辿《たど》っていることに、マルルを含むエイメル星人のほとんどは気づいていない。

《それに、ユウヤ殿とお前が番《つがい》になれば、ユウヤ殿も我が星に移住してくれるやもしれん。いいか、お前はそれだけ重要な任務を負っているということを重々忘れるな》

「はい」

《では、今日の通信はここまでとする。頼んだぞ》

マルルは一方的にそう告げると、通信を切断した。

メルルはしばらく通信装置の前にいて、小さく呟《つぶや》く。

「……これで、本当にいいんでしょうか……」

その呟きは、空《むな》しく消えていった。

＊＊＊

そして、時代は優夜が飛ばされた過去へと遡る。

――【竜谷】。

ここはオーマとは別の創世竜《そうせいりゅう》が眠る場所であり、周囲は創世竜の魔力の影響か、凶暴な魔物たちで溢《あふ》れていた。

谷の主である創世竜は、静かに地に伏せていた。

『……』

静かに身を潜める創世竜。

だが、その身からあふれ出る気配には、自身の魔力だけでなく、虚神《うつろがみ》から借り受けた力も渦巻いていた。

すると創世竜は何かに気づいたように静かに目を開け、空を見つめる。

『……あと少し……あと少しで、人類を完全に滅ぼせるだけの力が……』

創世竜がこうして谷で身を潜めている理由。

虚神《うつろがみ》の尖兵《せんぺい》となった創世竜だったが、その強大すぎる虚神《うつろがみ》の力も、ようやくその体に安定させることができそうだった。

『……賢者のやつが何やら動き始めたようだが……今の我には関係ない。賢者もろとも、滅ぼすだけだ……』

創世竜は静かにそう呟くと、再び力を蓄えるべく、目を閉じるのだった。

＊＊＊

こうして始まったゼノヴィスさんによる修行の日々。

今の俺は、あの日に体感させられた剣の極致に達するだけでなく、今も使い続けている木剣で何でも斬《き》れるようになるのが目標となっていた。

ちなみに【聖王威《せいおうい》】などを使えば、あの日地面を斬り裂けたように、ある程度のものならこの木剣でも斬り裂けるだろう。

だが、ゼノヴィスさんが求めるのはそんなものではない。

何の強化をすることもなく、ただ純粋に木剣を振り、それだけで何でも斬れるようになれと言っているのだ。

そのため、『聖《せい》』と『邪《じゃ》』の力、魔力すら使用することを禁止され、ただひたすら木剣を振り続ける日々が続いていた。

こんなに何日も修行していていいのかと思うのだが、そこはラナエルさんの協力により、時間を気にせず修行できるようになっていた。

「いやぁ、観測者様から許可をいただけてよかったですねぇ！　これで思う存分修行ができますし、無事に今回の件が解決できれば、元の時代に送り届けられますから！」

ゼノヴィスさんから聞いていた通り、やはり上の次元の方々は俺の想像を超えた力を持っており、時間を操作する程度は造作もないことらしい。

とはいえ、アルジェーナさんの世界は観測者とは関係ないため、観測者も好き勝手には力を行使することができず、時間操作も俺のみを対象とするものが限界らしい。

「ま、これでも結構無茶をしてるんですよね。だからこそ、ユウヤさんには絶対に強くなってもらって、虚神《うつろがみ》の尖兵を倒してもらいますから！」

「が、ガンバリマス……」

今の俺にはそう答えることしかできなかった。

なんせ、ゼノヴィスさんが求める境地は、俺と剣が完全に一体化し、俺の剣を振る動作のすべてが自然でなければいけないのだ。一朝一夕で身につくはずがない。

しかし、超絶スパルタなゼノヴィスさんは、何の強化もしてない状態の俺に対し、淡々と超強力な魔物をどこからか引き連れてきては、そのまま戦わせるのだ。

「ハアッ！」

「グオオオオオオ！」

もうどれくらい時間が経《た》ったのか分からないが、最初のころに比べると、剣の扱いが上達したと思う。

今もSS級の魔物『タイラント・ウルフ』を相手に、何とか戦うことができていた。

「グルアアアアアアア！」

「ぐっ⁉」

……すみません、嘘《うそ》です。

さすがに『聖』の力も魔力も使わない状態でSS級の魔物と戦うのは無理があると思うんですが！

しかし、そんな俺の心の声などゼノヴィスさんには届くはずもなく、さらに絶望的なことを告げられる。

「言っておくが、その魔物は特殊な魔力を纏《まと》っているから、物理攻撃は効かないぞ」

「どう倒せと⁉」

物理攻撃が効かない相手を、ただの木剣で倒せるわけないよね！

道理でさっきから斬りつけても全く応えてないと思ったよ！

必死に逃げまわる俺に対し、タイラント・ウルフは容赦なく魔法も放ってきた！

「ガアアアアア！」

「っ⁉」

視界を埋め尽くす勢いで放たれた業火《ごうか》に、俺は避《よ》けられないと悟った。

無駄な抵抗だと思いつつ、防御体勢をとっていると、突然その業火が真っ二つに割れる。

「防ごうとするな。斬れ」

「む、無茶苦茶だ……」

なんと、離れた位置にいたゼノヴィスさんが、あの炎を斬ってくれたらしい。

ただそれを俺に求められても困るというか……。

すると、ゼノヴィスさんは続ける。

「いいか、魔法だって斬れるんだ。君は今、魔法は斬れるものではないと思っているから、斬ることができない。強く思い込むこと。案外それが大切なんだよ」

「つ、強く思い込む……」

「それと、確かにその魔物には物理攻撃が効かない。しかし、その原因である特殊な魔力を斬れば、物理攻撃は通じるようになる。これもまた、君自身が相手の魔力を斬るんだと、強く念じることが大切だよ。大丈夫だ。君は君が思っている以上に強い。信じなさい」

「……」

不意に優しい声でそう言われ、俺は不思議とその言葉が心にすっと入ってきた。

今までの俺は、どこか自分の力に自信がなかった。

ウサギ師匠やイリスさんといった、強い人たちがたくさんいるから……。

でも、今こうして木剣一本で戦わされ、ゼノヴィスさんに強いと言ってもらえたことで、少しは信じてもいいんじゃないか……そう、思った。

そこからは頭の中で何度も大丈夫だと、絶対に斬れると、根拠もなく繰り返し自分に言い聞かせ続けた。

「ガアアアアアア！」

「……」

斬れる。斬れる。斬れる。

俺は、斬れる。


どんどん思考が消えていき、周囲の景色も色を失っていく。

ただ、目の前に存在する相手を、認識する。

「――」

いつしか呼吸も忘れ、俺は自分が何をしているのかも分からなくなった。

そして――。

「ふむ……ひとまず手は届いた、か」

「！」

不意に耳に飛び込んだゼノヴィスさんの言葉に、俺の視界は一気に元に戻り、意識を取り戻す。

その瞬間、俺は地上にいるにもかかわらず、まるで溺れていたかのように必死に空気を求めた。

「かはっ⁉　はぁ！　はぁ！　はぁ！」

何が起きたのか、俺には一切理解できていなかった。

やばい、このままじゃ、あの魔物に殺される！

そう、思ったのだが……。

「はぁ……はぁ……あ……あれ……？」

必死に息を整え、慌てて周囲を見渡すと、何故《なぜ》か首を斬られ、倒れ伏したタイラント・ウルフの姿があった。

な、何で……死んでいるんだ……？

それよりも、俺は何をしていた？

「はぁ……はぁ……ぜ、ゼノヴィスさんが……倒してくれたんですか……？」

「いいや、違う。君が倒したんだ」

「お、俺が……⁉」

予想もしていなかった言葉に、俺は絶句する。

だって、いつの間にか俺は意識が飛んでおり、気づけばタイラント・ウルフが倒れていたのだ。

それで俺が倒したと言われても、全く信じられない。

だが、ゼノヴィスさんは詳しい説明はしてくれず、柔らかい笑みを浮かべた。


「合格だ」


「え？」

「本当はもっと時間をかけてあげたかったが……これ以上は難しいだろう」

「――す、すみませぇん……」

「あ、ラナエルさん！」

いつの間にか近くに来ていたラナエルさんが、申し訳なさそうな表情を浮かべていた。

「わ、私もできるだけ修行が続けられるように時間操作したかったんですけど、さすがにこれ以上の干渉は難しいと言われまして……」

「だろうな。あまり干渉すれば、アルジェーナに抵抗される。最悪、君がこの世界から弾《はじ》かれ、殺されかねない」

「ええ⁉」

突然の爆弾発言に、俺は目を見開いた。

「ど、どういうことですか⁉」

「前に説明した通り、このアルジェーナという世界は観測者の力で生まれた世界ではない。だからこそ、観測者から過剰な干渉を受ければ、当然それに抗《あらが》うわけだ。抗い方は色々あるだろうが、一番手っ取り早い方法は干渉される原因を排除すること。つまり、君だ」

「その……私は観測者様の使者ですし、ゼノヴィス様もこの時代の人間なので、この世界の異物として排除されるのはどうしてもユウヤさんになってしまうんです……」

「そんな……」

アルジェーナさんと実際に話したことがあるからこそ、排除されるという言葉に強い衝撃を受けた。

「で、ですが、安心してください！　あくまでこれ以上干渉しすぎたらの話です！　まあそのギリギリのところで、今まではユウヤさんが修行する時間が作れていたわけですけど、これ以上の時間操作をすると本当にユウヤさんが消えてしまいますので……」

「すまないな。時間があればもっと丁寧に教えられたんだが、そういうわけにもいかなかった。だから、かなり無茶な修行だったと思う。それでも君は付いてきてくれた」

どうやらゼノヴィスさんは、時間がないことを分かっていたから、今までとんでもなくスパルタな修行を授けてくれていたらしい。

正直、ウサギ師匠ともけっこうハードな修行をするので、厳しいこと自体には慣れていたが、こうして謝られると何も言えなくなる。

実際に無茶苦茶なことばかりだったが、それでも俺を強くするために鍛えてくれたのは本当にありがたかったのだ。

ただ……。

「その……今の俺の実力で虚神《うつろがみ》の尖兵《せんぺい》なんて倒せるんですかね？」

結局、最後はよく分からないまま修行が終わってしまった上に、ゼノヴィスさんが求める剣の極致に到達することはできなかった。

ゼノヴィスさんが求める極致は技を使わずに敵を倒すことだが、今の俺はまだ技を使わないと強力な攻撃を放つことができない。

もちろん、修行の成果もちゃんと出ており、通常攻撃は格段に強くなった自信はあるが……それでもオーマさんと同じ創世竜《そうせいりゅう》に対抗できるとは思えなかった。

しかも、その創世竜は虚神《うつろがみ》の力も持ってるらしいし……。

つい表情が暗くなる俺に、ゼノヴィスさんはいつもの淡々とした様子とは打って変わり、優しく微笑《ほほえ》んだ。

「大丈夫だよ。今の君なら、十分通用する。確かに最初に言った極致までは到達できなかったかもしれない。だが、確実に君は、その境地に足を踏み入れたんだ。安心するといい」

「はぁ……」

全く実感がないので、つい気の抜けた返事をしてしまうが……先ほどの戦いで、信じることが大切だと学んだばかりだ。

ひとまず、自分の力を信じよう。

そう考えていると、ゼノヴィスさんはラナエルさんに視線を向ける。

「さあ、そろそろ虚神《うつろがみ》の尖兵と戦うとしよう。ラナエル、ヤツの場所は把握しているな？」

「もちろんですとも！　虚神《うつろがみ》の尖兵は、変わらず【竜谷】で力を蓄えてるようですよ？」

「【竜谷】か。あそこは狭くて戦いにくい——ここまで引きずり出すぞ」

「へ⁉」

「おっと……では、私は一度、上の次元に戻りますね！」

「ラナエルさん⁉」

【竜谷】というのがどこにあるのか分からないが、少なくともこの近くではないのだろう。

しかし、ゼノヴィスさんはそんな場所にいる相手を引きずり出すと言ったのだ。

い、一体どうやって……。

しかも、ラナエルさんは上の次元とやらに帰っちゃうし！　本当に俺たち二人で戦うのか⁉

すると、ゼノヴィスさんは何かに気付いた様子で俺に視線を向けた。

「そう言えば、君は私の魔力回路も受け継いでいるようだね」

「え？　あ、はい！」

「……なるほど、私は君にすべてを託したのだな」

一人、すべてを悟った様子で微笑むゼノヴィスさんは、ここにきて初めて獰猛《どうもう》な笑みを浮かべた。

「では、しっかりと見ておきなさい。君が受け継いだ、私の魔法の力を――――！」

次の瞬間、ゼノヴィスさんが虚空《こくう》に右手を突き出すと、とんでもない量の魔力が一気に右腕に集まり始めた！

そして、何かを掴《つか》む仕草をすると、空間が大きく歪《ゆが》み、漆黒の渦が空に現れる。

その渦は、どんどん大きくなり、やがて【世界の廃棄場】一帯を包み込むほどの規模へと発達し、上空を覆った。

そんな中、ゼノヴィスさんは獰猛な笑みを深める。

「ほう？　この私に抗うか。だが、逃げられると思うなよ？」

莫大《ばくだい》な魔力が宿った右手を、ゼノヴィスさんが一気に握ると、渦から何かが引きずり出されてきた！

『ぐおおおおおおおおおおお！　ぜ、ゼノヴィスうううううううう！』

それは、オーマさんの本当の姿と同じサイズの、夕焼けのような色の鱗《うろこ》を持つ巨大な竜だった。

＊＊＊

──優夜《ゆうや》がゼノヴィスの修行を受けているころ。

遠く離れた時代の日本にある【日帝《にってい》学園】の生徒会室で、一人の生徒がテレビを悔しそうに見つめていた。

「くっ！　あんな生徒、どうやって確保したというんですの……!?」

そう呟《つぶや》くのは、【日帝学園】の生徒会長、神山美麗《かみやまみれい》だった。

この【日帝学園】は、多くの金持ちや名家の子女が通うエリート校であり、長年【王星《おうせい》学園】とはライバル関係にあった。

とはいっても、一方的に【日帝学園】がライバル視しているだけで、【王星学園】としては特に何も意識していないのだが。

【王星学園】が家柄に関係なく誰でも受験できるのに対して、【日帝学園】はある程度の格式ある家柄でなければ受験すらできないのだ。

だが……。

「最近はますます【王星学園】に名家出身者が流れているというのに……このままでは、我が学園の格が疑われかねませんわ……！」

近年、【王星学園】出身の生徒たちが次々と様々な業界で活躍するようになり、いつしか名家の出身者も【日帝学園】ではなく、【王星学園】に入学するようになっていたのだ。

しかし、決して【日帝学園】の教育が劣っているというわけではない。

むしろ、ＯＢから多額の出資を受けている関係上、その設備には常に最新鋭のものが用意されており、生徒たちにとって最高の環境が整えられていた。

そのため、何としてでも日本一の学園の地位を手にしたい【日帝学園】は、その執念から徐々に【王星学園】に迫りつつあったのだが……。

「まさかこんな生徒がいたなんて……」

神山が見ていたのは、先日行われた【王星学園】の体育祭の映像だった。

そこには、障害物を次々とクリアしていく優夜の姿が。

【日帝学園】も【王星学園】と同じように、体育祭がテレビで放送されるほどの名門校だった。

もちろん言うまでもなく、【日帝学園】の体育祭も大規模なものではあるのだが、優夜の登場と活躍により、【王星学園】の体育祭のテレビ放送の方が話題になり、視聴率にも圧倒的な差がついていたのだ。

悔しそうにテレビを見つめていた神山は、視線を手元の資料に移す。

「天上《てんじょう》優夜……元々は別の学校に通っていたものの、【王星学園】の理事長の娘、宝城《ほうじょう》佳織《かおり》に誘われ、転入する……」

神山の手元の資料には、優夜に関する情報が細かく記載されていた。

だからこそ、神山は眉をひそめ、首をかしげていた。

「これ、本当に正確な情報ですの？　どう見てもここに書いてあるようには見えませんけど……」

そこには優夜の過去についても記されていたため、今テレビで活躍している優夜の姿とどうしても重ならなかったのだ。

「学校中だけでなく、親兄弟からも不当な扱いを受けていたそうですけど……この映像を見ていると、とてもそんな風には見えませんわね……それに、それだけ虐《いじ》められていた人間が、あのモデルの美羽《みう》と一緒に仕事をしたというのも信じられませんし……」

何か意図的に偽の情報を掴まされたのかと疑う神山だったが、すぐにその考えを打ち消す。

「……まあ考えすぎですわね。いくらすごい生徒とはいえ、一人の高校生に対してそんなに情報を統制する必要はないでしょうし……」

ひとまず優夜に関して考えることをやめた神山は、改めてこれからのことを考える。

「それよりも、どうにかしなければいけないのは、この後の学園祭ですわ。この調子ですと、確実に学園祭でも負けてしまいますわね……」

多くの分野で【王星学園】に後れを取る【日帝学園】だったが、唯一学園祭だけは優れていると言ってよかった。

というのも、どちらの学園も大規模かつ多額の費用をかけているという点は一緒で、

【王星学園】が有名アーティストを呼ぶのと同じように、【日帝学園】もアーティストを招いているのだが、それに加えて学園の成り立ちを利用し、一般的には体験することができない、格式高い催し物が人気を博していたのだ。

だが、そんな優位性も優夜の登場により、失われようとしていた。

「このままではますます【王星学園】との差が広がってしまいますわ……でも、どうすれば……」

神山が密《ひそ》かに現状を打開する策を考えていることを、【王星学園】の生徒たちは誰も知らないのだった。

＊＊＊

優夜がイヴィルと入れ替わる形で過去に飛ばされたちょうどそのころ、ウサギとイリス、そしてオーディスの三人は『邪《じゃ》』が倒されたことを他の『聖《せい》』たちに知らせるべく、行動を共にしていた。

だが――――。

「「「⁉」」」

突如、三人は今まで感じたことがない、禍々《まがまが》しい気配を察知し、その方向に視線を向けた。

そしてその方向では、まさにイヴィルがこの時代に姿を現したところだった。

「い、今の気配……」

《……ああ。『邪』、だな……》

「ま、待て！　確かにあの禍々しさは『邪』だと思うが、『邪』の王はお前たちが完全に倒したのだろう⁉　なぜ今になってここまで強力な『邪』の気配を感じるのだ！」

オーディスの言うことはもっともであり、三人とも『邪』が滅ぼされたことを知っているからこそ、こうして他の『聖』たちにそれを報告するために動いていたのだ。

だが、今の気配が本当に『邪』のものだった場合、話は変わってくる。

そのうえ、アヴィスと直接対峙《たいじ》したことのあるイリスとウサギは、今も放たれ続けている気配がそれ以上であることも感じ取っていた。

ただ……。

「あの方向……確か、ユウヤ君の家があるほうよね？」

《そうだな》

「……一度、様子を見に行ったほうがいいかもしれんな」

イリスたちは顔を見合わせると、すぐに方向転換し、優夜の家がある【大魔境《だいまきょう》】へと駆け出すのだった。

第六章　虚神《うつろがみ》の尖兵《せんぺい》

『ゼノヴィスゥゥゥゥウウウ！　貴様あああああああ！』

「フッ。そう叫ぶな。少々強引に呼び寄せただけだろう？」

空から降ってくるのは、オーマさんと同じサイズの巨大な竜。

しかも、その竜は飛んできたのではなく、ゼノヴィスさんの魔法によって、無理やり引きずり出されたのだ。

だが、そこは創世竜《そうせいりゅう》であり、さらに虚神《うつろがみ》の力も得た存在。

ゼノヴィスさんの魔法で引きずり出されながらも、空中で体勢を整えると、こちらに向けて口を大きく開いた！

『ここで貴様を消してやる！』

夕焼け色の竜が開いた口に、すさまじい量の魔力が収束していくと、それは一気に放たれる。

竜の息吹を前に、ゼノヴィスさんは笑みを崩すことなく右手を軽く振った。

「つれないことを言うな。私たちに付き合えよ」

『ぬうううううう⁉』

するとと、俺たちを包み込むように薄い膜が展開される。そこに竜のブレスが激しくぶつかるが、ゼノヴィスさんが展開した膜を破壊することはできなかった。

目の前でブレスがゼノヴィスさんの防御魔法によって弾《はじ》かれている中、ゼノヴィスさんが俺に視線を向ける。

「ユウヤ。あれこそが虚神《うつろがみ》の力を手にした創世竜だ。いや、もはや創世竜ではなく、虚《うつろ》神《がみ》の尖兵……虚竜と呼ぶべきだな」

「虚竜……」

「見ての通り、見かけは派手だが……まあ大丈夫だろう」

「軽いですね⁉」

普通に見た目だけでなく、威力もヤバそうですけど⁉

なんせ、ゼノヴィスさんが防御してくれている範囲の外は、虚竜によるブレスで消し飛んでいるのだ。

元々何もない【世界の廃棄場】だったが、このブレスだけで地形が一気に変わっている。

「て、ていうより、あんなとんでもない竜を引きずり出して、その上、あの竜の攻撃も防げるんなら、俺じゃなくてゼノヴィスさんが戦った方が確実じゃないですか⁉」

「いや、そういうわけでもない。ただの創世竜なら問題ないが、虚神《うつろがみ》の尖兵となると話は変わる。あいつを完全に滅ぼすなら、私も少々出力を上げねばならん。しかし、そうなるとこの星が壊れてしまうのでな。私では力が強すぎて厄介なのだ」

「ええ⁉」

星が壊れるって！

いや、まあオーマさんもそのクラスだってのは知ってたけど、少し力を出すだけで同じことが起こせるって……ゼノヴィスさんおかしすぎません⁉

完全に別次元の話に驚愕《きょうがく》していると、攻撃を防がれた虚竜は忌々《いまいま》しそうに叫ぶ。

『ゼノヴィス！　我は貴様が気に入らん！　人間の分際で我を超えるその力……そして、それだけの力を持ちながら、何故《なぜ》その力を世界の均衡を保つことに使わんのだ！』

「確かに貴様らはこの星における『聖』と『邪』を司《つかさど》り、バランスを保つ役割を担《にな》っているだろう。だが、私一人の存在によって保たれる均衡など、いずれは崩れる。人間たちが自らの力で均衡を保つ必要があるのだ」

『その結果、人間どもはあろうことか、この星に境界線を引いた！　アルジェーナを、己のものだとほざいたのだ！　人間たちはアルジェーナという星を、ただむさぼり尽くす害悪だ！』

この時代の背景を全く知らない俺は、虚竜の叫んでいることがよく分からなかった。

だが、その言葉にはこの星に対する強い想いが感じられる。

それはゼノヴィスさんも感じ取っていた。

「その結果が、このざまか」

『そうだ。我は【聖】を司るが、それは決して人間たちにとっての【聖】ではない！　この星、アルジェーナにとっての【聖】が、この我なのだ！　だからこそ、我は虚神《うつろがみ》の尖兵となって人間どもを葬《ほうむ》り去り、今一度、この星を原初の姿に戻すのだ！』

激しい憎悪《ぞうお》を抱き、それを隠すこともせずぶつけてくる虚竜。

その圧力に俺は押しつぶされそうになるが、ゼノヴィスさんは涼しい顔をしていた。

「フン。それならば、虚神《うつろがみ》の尖兵にならずとも可能だっただろう？」

『馬鹿を言え。虚神《うつろがみ》の力を借りねば、貴様を倒せん。どうせ貴様は、我の邪魔をするだろうからな』

「よく分かっているじゃないか」

『その余裕……今日こそ崩してくれるわッ！』

虚竜は力強く羽ばたくと、再び口を大きく開け、魔力を収束させ始める。

「さあ、ユウヤ。ここからだ。修行では特殊な力の使用を禁じたが、この戦いでは存分に使いなさい。ただし、木剣のままでだ」

「は、はい。でも、大丈夫……ですかね……？」

「そう緊張するな。私もサポートに回る」

俺は木剣を構えると同時に、【聖王威《せいおうい》】、【聖邪開闢《せいじゃかいびゃく》】、そして【魔装《まそう》】といった、現状俺が使えるすべての力を解放した。

すると、俺はそこで一つの違和感を覚える。

「あ、あれ？」

いつもならそういった力を解放すると、体が強化された感覚を強く受けるのだが、今の俺はすべての力を解放しているにもかかわらず、非常に体に馴染《なじ》んでいるというか、自然体でいられたのだ。

初めての状況に困惑していると、ゼノヴィスさんがそれを見透かしたように教えてくれる。

「いつもと違うだろう。だが、それが正しい状態だ」

「た、正しい、ですか？」

「強化された感覚があるということは、それだけ通常の状態との差が大きいということだ。

つまり、それだけ力に振り回されることになる。しかし、今のユウヤは強化された状態がそもそもの自然体になっているのだ。まさに想像通りの動きができるだろう」

「な、なるほど……」

「さあ、よそ見をするな。来るぞ！」

「っ！」

ゼノヴィスさんの言葉に慌てて視線を虚竜に戻すと、次の瞬間、虚竜は再び巨大なブレスを放った！

「さあ、ユウヤ。修行の成果を見せようじゃないか。そのブレス、斬《き》ってみせろ！」

「こ、これを⁉」

いきなりとんでもないことを要求してきますね⁉

で、でも、今の俺は修行の時とは違い、全力で体を強化している。

静かに精神を集中させていると、上空の虚竜が吼《ほ》えた。

『舐《な》めるなよ！　このブレスは先ほどのものとは全く違う！　虚神《うつろがみ》の力も融合した、正真正銘、滅びの一撃だ！』

大丈夫……今の俺なら、このブレスも……斬れる！

そして、俺は一歩踏み出すと、冷静にブレスを見つめ、ただまっすぐに剣を振り下ろした。

「――――！」

『なっ⁉』

その瞬間、ブレスに一筋の線が入ると、縦にずれ、そのまま消滅する。

『ば、馬鹿な⁉　ゼノヴィスですらない、ただの人間ごときに我の攻撃が防がれただと⁉』

「ユウヤ、私がヤツに届くまでの道を作る。それを上手《うま》く使い、距離を詰めろ」

「はい！」

ゼノヴィスさんの言葉に頷《うなず》き、まっすぐ駆け出すと、突然、俺の目の前に魔法陣がいくつも出現した。

それは上空の虚竜まで続いていた。

『させるかあああああ！』

しかし、虚竜も簡単に俺に接近させないよう、その巨体からは想像もできない速度で飛び回り、さらに魔法を無数に展開すると、俺目掛けて射出してくる。

一撃一撃が、まともに食らえば俺の体なんて簡単に消し飛ぶであろう威力で、それが弾幕のごとく放たれてくるのだ。

ただ……。

「フッ……いくつかは私が防いでやるが、残りは自分で対処しなさい」

「は、はい！」

ここでもまだ修行感覚なのか、ゼノヴィスさんはそんなことを口にした。

まあそうじゃないと、こんな時に木剣使わせないよね……。

実際にゼノヴィスさんは、俺目掛けて飛んでくるいくつかの魔法を払い落としてくれたが、何個かはそのまま素通りして俺の方に飛んできた。

その魔法を避《よ》けたり、剣で斬り裂いたりしながら、俺は確実に虚竜に追いついていく。

『馬鹿な⁉　ただの人間ごときが、この我に迫るだと⁉』

「ハアッ！」

『グアアアアアア！』

ついに虚竜の懐《ふところ》に潜り込むことに成功すると、俺は木剣をためらいなく振り抜いた。

すると、硬い鱗《うろこ》で覆われた体が斬り裂かれ、血が噴出する。

『あ、あり得ぬ！　何の変哲もない、木剣ごときで我の肉体が⁉』

「確かに【全剣《ぜんけん》】は、すべてを斬り裂くことができる。だが、そんなものは鍛え抜いた技術があれば簡単にできることだ。何ら不思議なことではない」

『くっ！　離れろ！』

「っ！」

虚竜は俺を引き離すべく、その巨大な尾を薙《な》ぎ払う。

ギリギリ避けることに成功したが、ただ目の前を通り過ぎただけでとんでもない風圧が俺に襲い掛かった。さ、さすがオーマさんと同じ、創世竜《そうせいりゅう》だ……。

ゼノヴィスさんの修行を受けたうえで、ゼノヴィスさんからサポートを受けていなければまともに戦えなかっただろう。

一度俺に近づかれたからか、虚竜はさらに苛烈に魔法やブレスによる攻撃を飛ばしてくるも、俺は一つずつ、確実に、丁寧に斬り裂いていく。

すると、徐々に不思議な感覚に陥り始めた。

それはタイラント・ウルフと戦っている最中に体験したのと同じ感覚で、周囲の景色や動きがどんどん消え失《う》せていくのだ。

もちろん、あの時も目が覚めたらよく分からない状況になっていたわけで、このままこの感覚に身を任せると、同じことになるのが目に見えている。

だが、極限まで集中している俺は、その感覚に身を委ねることに抵抗がなかった。

そんな中、薄れゆく意識の中で、虚竜が新たに動くのを感じ取った。

『本来ならばゼノヴィスを確殺《かくさつ》すべく温存しておくつもりだったが……！』

「む」

一瞬にして空高く舞い上がった虚竜は、翼を大きく広げると、その頭上に今までで一番の魔力を収束させ始めた。

しかも、そこには俺と同じ『聖《せい》』と『邪《じゃ》』の力、そして虚神《うつろがみ》の力も含まれており、あれが放たれれば、この【世界の廃棄場】どころか、この星そのものが破壊されてしまいかねないほどのモノだった。

「血迷ったか。この星のためと口にした貴様が、この星を滅ぼすつもりか？」

『貴様が邪魔をしなければこうはならなかった！　だが、こうして貴様が人類の肩を持つ以上、もはやこの星のためにも、ここですべてを終わらせる！』

「随分と都合のいい思考だな。……だが、これは少々、ユウヤには厳しいか……？」

もうほとんど残っていない意識の中、ゼノヴィスさんが何かを呟《つぶや》いているのを微《かす》かに感じ取ったが、俺はそれを気にすることなく、虚竜に接近していった。

「ユウヤ！」

『フハハハハ！　どうやらその人間は死に急ぎたいらしい！　その思い通り、ここで消えてしまえ！』

虚竜は勢いよく翼を羽ばたかせると、頭上に収束させたあらゆるエネルギーの塊を、一気に俺……いや、地上目掛けて放った。

普段の俺なら、そんな一撃を前にすれば、絶望していただろう。

だが、不思議と今の俺は、目の前の光景に何の感情も抱いていなかった。

ただ、斬る。

それが当然であるかのように――――。

「――――」

その一撃は、ごく自然に放たれた。

斬る。

ただその一心のもと放たれた俺の一閃《いっせん》は、目の前に迫る力の塊を、まさに一刀両断してみせた。

『そんな……馬鹿な……!?』

驚愕《きょうがく》する虚竜に対し、俺は振り下ろした手を止めず、返す一閃で虚竜の首を薙ぐ——。


すると、虚竜は何が起こったか理解できない表情を浮かべたまま、首を斬り飛ばされた。

俺の一撃で絶命したことで、光となって消えていく虚竜。

すると、俺の意識は徐々に元に戻り、周囲の景色も動きも、いつも通りになった。

「つはぁ！　はぁ！　はぁ！　はぁ！」

前と同じく、溺れたように、必死に空気を求める俺。

だが、前回と確実に違うのは、何が起きたのか、ちゃんと覚えていることだ。

「い……今のは……」

「よくやった、ユウヤ。あれこそが、君が目指すべき境地の一つだ」

ゼノヴィスさんの言葉に、俺は改めて自分がやったことを思い返す。

もう一度やれと言われても、全くできる気がしないが、これが二回目ということは、確実に俺の体に刻み込まれているのだ。

あの一瞬の感覚が、まさにゼノヴィスさんが俺に求めていたものなのだ。

「今の君は、一瞬であの状態に入ることはできない。だが、時間を掛ければ、あの境地――【無為の一撃】に至ることができる」

「無為の……一撃……」

「今後はあの感覚を持続させ、今回のように疲労困憊《ひろうこんぱい》しないようにするのが課題だろう。とはいえ、よくやった」

優しく微笑《ほほえ》むゼノヴィスさんを見て、俺はようやく気が抜けるのだった。

エピローグ

「いやぁ、本当にありがとうございます！　おかげで助かりました！」

「い、いえ」

俺が虚竜を倒し終えて少ししたころ、ラナエルさんが戻ってきた。

「本当は手伝えればよかったんですけど、ちょうど上でも虚神《うつろがみ》本体に動きがありまして……呼び戻されてました。すみません」

申し訳なさそうに頭を下げるラナエルさん。

だが、ゼノヴィスさんは淡々とした様子で告げた。

「貴様ら上の次元の者たちがしっかりしていれば、こんなことにはならなかったのだがな」

「うっ……そ、それはそうですけども……」

「それはともかく、虚竜も倒したのだ。もう私に用はないだろう？　約束通り、ユウヤを元の時代に返してあげなさい」

「それはもちろんですよぅ！　で、でも、観測者様たちはやはり、ゼノヴィス様に協力をお願いしたいと言ってまして……」

「何？」

ゼノヴィスさんは面倒くさそうにラナエルさんに視線を向けた。

「何度も言っているが、上の次元のことは上の次元で解決しろ。私を巻き込むな」

「そ、それは分かってますから！　だからこそ、観測者様はゼノヴィス様を上の次元に迎え入れると言っているんです！」

「それこそ私は断ると、何度も言っているだろう。何故《なぜ》そこまで私にこだわる？」

ゼノヴィスさんの純粋な疑問に対し、ラナエルさんは答えづらそうにしながらも、正直に話した。

「……実は、虚神《うつろがみ》と観測者様の戦いですが、現状、観測者様の方が不利になってしまってまして……。というのも、虚神《うつろがみ》はお二人が倒した創世竜のように、多くの尖兵《せんぺい》を使い、私たちの世界を侵略しようとしているんです。その数は観測者様の予想以上で……」

「ふむ……」

「その虚神《うつろがみ》の軍勢に対抗するためには、観測者様と同等のお力を持つ存在に、助けを求める必要があるんです！　しかし、そんな存在は数も少なく……」

「そ、その条件を満たしているのがゼノヴィスさんなんですね」

「はぃ……」

力なく項垂《うなだ》れるラナエルさん。

この場合、ゼノヴィスさんがすごすぎると言うべきか、観測者とやらの次元が違いすぎると言うべきか……。

そんなラナエルさんの話を聞いたゼノヴィスさんは、表情一つ変えず、頷《うなず》いた。

「なるほど。話は理解した」

「そ、それじゃあ……！」

「理解したうえで、断る」

「そんなぁ！」

無慈悲にバッサリと断るゼノヴィスさんに、ラナエルさんは今度こそ撃沈した。

だが、ゼノヴィスさんの言葉には続きがあった。

「私は断るが……代わりに、ユウヤを推薦しよう」

「へ⁉」

「ユウヤさんを？」

予想外の言葉に、俺は呆然《ぼうぜん》とする。

だが、すぐに言葉の意味を理解すると、慌てて首を振った。

「ま、待ってください！　俺を推薦って……そんなの無理に決まってるじゃないですか！

別に俺は、ゼノヴィスさんのように強いわけじゃないんですよ⁉」

「今は、な」

「え？」

「言っただろう？　君は強い。そして、私を超える可能性も十分あるんだよ」

「そ、そんな……」

「だからこそ、私は君を推薦するんだ。もちろん、今の段階では厳しいだろうが、そこは観測者どもが何かしら手を施すだろう」

もはやゼノヴィスさんの中では俺が行くことが決定しているようで、改めてラナエルさんの方に向き直っていた。

「というわけだ。彼を連れていくといい」

「い、いや、というわけと言われましても……！」

いくらゼノヴィスさんに言われても、そう簡単に頷ける話ではない。

なんせ、先ほどの虚竜と同じような強敵と戦うことになるのだ。

虚竜はゼノヴィスさんの力があったから倒せたものの、観測者の手を借りたからといって、倒せるとは限らない。

というより……。

「そ、それに、俺は元の時代に戻るんですよ？　虚神《うつろがみ》との戦いに参加できるとは思えないんですけど……」

「上の次元とこの世界では時の流れが違う。ちなみにだが、ラナエルが時間を操作して君の修行の時間がとれたのは、上の次元の時間を無理やり引っ張ってきたからだよ。そして、君が元の時代に帰ったとしても、上の次元では数日程度の差でしかないだろう」

そんなに時間の流れの速さに差があるのか……！

そう思っていると、不意にゼノヴィスさんは少し考え込み、何かに気付いた。

「……そうか。こういう経緯で君が受け継ぐのか」

「はい？」

「ならばこうしよう。私が持つすべての財産を譲るかわりに、君が行くんだ」

どこか悪戯《いたずら》っぽい笑みを浮かべるゼノヴィスさんに対し、俺は絶句した。

「君がどうして、どのようにして私の魔力回路を含め、あらゆる武具などを受け継いでいたのか分からなかったが……おそらく、この瞬間がそうなのだろうな」

「ま、まさか……」

「今この瞬間、君は私と契約を交わす。だからこそ、遥《はる》か未来で君は私の財産を手にすることができるんだよ」

その言葉に、俺は今までのすべてが繋《つな》がるような……そんな感覚に襲われた。

なぜ、俺が初めて異世界を訪れた時、賢者さんの遺産を簡単に受け継げたのか。

そして、今こうして過去の異世界に来ていることから、俺がこの世界で初めての異世界人であることも含めて、そのすべてが繋がったのだ。

とはいえ、まだ理解できない部分も存在する。

「で、ですが、未来のアルジェーナさんは俺のことを知りませんでしたよ？」

すると、事の成り行きを見守っていたラナエルさんが口を開いた。

「あ、そのことなんですけどぉ……今回の虚神《うつろがみ》に関係する情報はすべて、この星から消えるんです」

「え⁉」

「ですから、ユウヤさんがこの時代に来ていたことも、虚神《うつろがみ》の尖兵となった創世竜《そうせいりゅう》の存在も、すべてこの世界から消去されるでしょう。観測者様にとって、虚神《うつろがみ》の尖兵を下の次元に生み出したというのは、隠蔽したい事実ですから……」

「なるほど。特に意識していなかったが、この場所で戦ったことも大きいのだろうな。多くの人間がいる場所であれば、たとえ観測者といえども情報を改竄《かいざん》しにくくなる。だが、ユウヤと私だけであれば、情報を抹消することはまだ可能なのだな」

「そうです。ただ、ゼノヴィス様は元々この時代の人間ですので、単純にユウヤさんと虚神《うつろがみ》の尖兵に関する事実のみ消えてしまうことになります」

つまり、俺が元の時代に戻れば、俺が体験したことはすべてこの星から抹消されるのだ。

ただ、俺の記憶としてはしっかり残っているわけで……。

「だ、だから未来ではもう一体の創世竜の話を聞かなかったんだ……」

「多分、そういうことなんでしょうねぇ……最初から創世竜は一体だった、そう情報が改竄されるはずです」

そうじゃないと、オーマさんが話さないはずないし、創世竜の一体が消えるなんて大きな出来事、世界が気付かないわけないもんな……。

「その、俺を含めた、虚神《うつろがみ》に関する情報が消えるのは分かりました。でもそうなると、ここで俺とゼノヴィスさんが契約を結んでも意味がないんじゃ……」

「魂の契約を結ぶからな。それは問題ない」

「魂の契約？」

「私が君のことを覚えていなくとも、魂の契約を結んだ者はその契約を必ず遂行する。この場合、私は後継者が誰だか分からぬまま、その者のために色々と準備することになるだろうな」

「そ、そんな曖昧な状態で、ゼノヴィスさんは変に思わないんですかね？」

誰だか分からない人のために遺産を用意するなんて、俺なら絶対に気味が悪くて途中で投げ出しそうだが……。

「何の問題もない。私がそう動く以上、何らかの理由があったと推測するはずだ。私であれば、誰かに操られることもないからな。必ず私の意思で行っていることは理解できる」

さ、さすが賢者さんだ……！

すると、ゼノヴィスさんは手を差し出してきた。

「それで、頼まれてくれるか？」

「！」

まっすぐに俺を見つめるゼノヴィスさん。

――俺は今まで、賢者さんからもらった遺産のおかげで、たくさんの大切なものを手に入れることができた。

レクシアさんやルナ、ユティやクロとの邂逅《かいこう》。

ウサギ師匠やイリスさん、それにオーディスさんたちといった、素晴らしい人たちと出会うこともできた。

そして……ナイト、アカツキ、オーマさん、シエル。

今の家族たちは、賢者さんの遺産がなければ、とても手に入れることはできなかっただろう。

何もなければ、俺はただの虐《いじ》められている高校生だった。

今も変わらず、地球で惨《みじ》めな日々を過ごしていただろう。

それが今や、地球でも居場所ができたんだ。

ゼノヴィスさんには感謝してもしきれない。

だから……。

「分かりました。俺なんかがどこまでゼノヴィスさんの代わりを務められるか分かりませんけど……少しでもゼノヴィスさんの力になれるなら……！」

俺は差し出されたゼノヴィスさんの手を握った。

いものが体に浸透していく。

「ありがとう」

　ゼノヴィスさんがそう優しく微笑《ほほえ》むと、俺とゼノヴィスさんの手を通して、何だか温かいものが体に浸透していく。

　それは俺の心臓辺りでしばらく留《とど》まると、やがて体に染《し》み込んでいった。

「……これで魂の契約は終了した。晴れて君は、私の後継者となったわけだ」

「ゼノヴィスさん……」

　どこか晴れやかな表情でそう告げるゼノヴィスさんに、俺は目頭が熱くなった。

「いやぁ……相変わらずゼノヴィス様はとんでもないですねぇ……成功率が恐ろしく低く、失敗すればお互いに精神が崩壊してしまう魂の契約を難なく成功させるとは……」

「ゼノヴィスさん⁉」

「はっはっは！」

　最後の最後でラナエルさんからの爆弾発言に驚く中、ゼノヴィスさんはここにきて初めて大声を上げて笑った。

　すると次の瞬間、俺の体が徐々に光に包まれる。

「こ、これは⁉」

「あ、どうやら始まったみたいですね！」

いきなりのことに慌てるも、ラナエルさんは冷静に続ける。

「安心してください！　観測者様がユウヤさんを元の時代に送り返す準備をしただけですから」

「な、なるほど……」

ひとまず危険ではないと分かったので、その様子を眺めてみる。

何て言うか、変な感じだな……魔物を倒した時の光景に少し似ている。

体が徐々に光の粒子になって消えていく感じだが……不思議と恐ろしさはなかった。

なにしろ、あの賢者であるゼノヴィスさんが目の前にいるのだ。何かあっても大丈夫だろう。

「――――ではな、ユウヤ。君と会えて、本当によかった」

「お、俺もです！」

いざ、別れが近づくと、寂しさが押し寄せてくる。

そんな俺の心情を推し量ってか、ゼノヴィスさんは柔らかく微笑んだ。

「君が去った後、私は君のことを忘れてしまうだろう。だが、魂はちゃんと覚えている。

──君の未来に、幸多からんことを」

「はい！」

ついに元の時代に戻れる。

そう考えた瞬間、ラナエルさんがまたも爆弾発言を投下した。

「あ、そう言えば、ユウヤさんが元々いた時代には、ここでゼノヴィス様と戦っていた『邪《じゃ》』が呼び出されてまして、その『邪』も観測者様の力でこの時代に引き戻すんですけど、抵抗されても面倒なんで、適度に痛めつけてもらえれば助かりますぅ！」

「ちょっ！　えええええ──────」

「その『邪』の目の前に転移することになっているので、深く考えずに剣で斬《き》っちゃってくださいねぇ！」

慌てて詳しい話を聞こうとするが、それも虚《むな》しく、俺は元の時代に飛ばされるのだった。

＊＊＊

ユウヤが過去の時代に飛ばされた直後。

賢者と戦っていた『邪』──イヴィルは邪悪な笑みを浮かべた。

「さて、それでは……殺戮《さつりく》を始めるとするか」

『それを我が許すとでも？』

オーマは元の規格外な大きさに戻ると、口を開き、そこに魔力を収束させていく。

だが、イヴィルはそれを見てもなお、不敵な笑みを浮かべていた。

「ハハハハハ！　撃ちたければ撃てばいい！　我がそれを完璧に防ぎきった後、貴様に敗北を教えてやろう！」

「――――阻止。させない！」

「ウォン！」

すると、ユティとナイトが同時にイヴィルに飛び掛かり、それぞれの持ちうる全力で攻撃を仕掛けるが、イヴィルは白けた様子で見つめるだけだった。

「有象無象が。我の邪魔をするな」

「きゃっ！」

「きゃん！」

「ぴぃ⁉　ぴぃぃぃいいいい！」

軽く腕を振る風圧だけで、吹き飛ばされるナイトとユティ。

そんな二人の姿に、シエルは怒りの炎を体に宿すと、そのままイヴィルに突撃した。

だが……。

「フン。今度はハエか。自分の力に随分自信があるようだが……我には効かん」

「びっ⁉」

「ふご⁉　び、ぶひぃ……」

アヴィスの時は、いくらダメージを受けても瞬時に回復し、何度も攻めていたシエルだが、何故《なぜ》かイヴィルの攻撃で負った傷は癒《いや》すことができず、ナイトたち同様に吹き飛ばされた。

咄嗟《とっさ》にアカツキが巨大化してシエルを体で受け止めるも、その衝撃だけでアカツキは倒れそうになる。

「我ほど純粋な『邪』ともなれば、あらゆる能力を封じ、その生命を奪い取ることができる。ここまで完璧な『邪』は存在しないだろう」

『ほざけ！』

魔力を収束し終えたオーマは、極限まで魔力を圧縮し、イヴィルへと解き放つ。

まるで一筋の光線のように放たれたその魔力は、少しかすっただけでもその存在が消し飛ぶほどの威力を内包していた。

だが……。

「ここで滅びるがいい！」

イヴィルはそんな攻撃を前に、避《よ》ける仕草すら見せないまま、両手を突き出した。

その場で思いっきり踏ん張ると、迫りくる光線を手で受け止める。

「ぬ……ぬおおおおおおおおお⁉」

『何⁉』

さすがのオーマも素手で受け止められるとは考えておらず、イヴィルの行動に目を見開いた。

踏ん張る足元からすさまじい土煙を上げつつ、必死に耐えるイヴィル。

「わ、我らが神に祝福おおおおおおおお――――！」

「「万歳、ばんざ――――」」

オーマから放たれた攻撃による衝撃は、その場にいた邪教団たちをすべて消し飛ばした。

だが――――。

「ク……ククク……」

『馬鹿な……』

腕を負傷しながらも、イヴィルはオーマの一撃を受け切ってしまった。

「クフ……クハハハハハ！　どうだ、創世竜《そうせいりゅう》よ！　これが我の力だ！　さあ、次は我の――――」

「────はあああああああああ！」

「なっ────ぎゃあああああああああ!?」

「え……ユウヤ!?」

高笑いを続けていたイヴィルだったが、何の前触れもなく目の前に現れた優夜《ゆうや》によって、体をバッサリ斬り裂かれた。

イヴィルの眼前の空間が突然歪《ゆが》んだかと思えば、そこから光る渦が出現し、突如、優夜が現れたのだ。

当の優夜は、ゼノヴィスの下から消える直前に聞いたラナエルの言葉に従い、転移が完了するや否《いな》や、深く考えずに【全剣《ぜんけん》】を取り出して振り下ろしただけだった。

そのため……。

「ほ、本当になんか斬っちゃったけど、大丈夫だよねぇ!?」

今更ながらそのことで狼狽《うろた》えるのだった。

＊＊＊

転移が終わった感覚があったので、ラナエルさんの言葉通り【全剣】を取り出して、俺は振り下ろした。

もちろん、何も考えていないというのは言葉の綾《あや》で、実際は俺の知らない気配を放っている相手に向けて、【全剣】を振り下ろしたことだけは認識していた。

そこで改めて斬り伏せた存在に目を向けると、究極完全態となったアヴィスのような男が、斬られた体を必死に押さえていた。

「あ、アイツが……」

「ユウヤ！」

「わん！」

「ユティ！　ナイト！　それに皆《みんな》も……！」

ユティたちの声を聞いたことで、無事元の時代に戻ってこられたと実感する。

急いで皆の下に向かおうとするも、それは叶《かな》わなかった。

「ふっ……ふざけるなあああああああ！」

「！」

俺に斬り裂かれた男は、すさまじい形相で俺を睨《にら》みつける。

「貴様ああああああ！　どこから現れたああああああ⁉　貴様さえいなければ、今すぐにでも我の力でこの世のすべてを滅ぼせたものをおおおお！」

やはり俺が斬り裂いた相手は、元々ゼノヴィスさんが相手をしていた『邪』で間違いないみたいだ。

ただ、どんな状況でこっちの時代にやって来たのかは分からない。

分からないが……この世のすべてを滅ぼすなんて、見過ごせるわけがない。

「危険。ユウヤ、あの男、オーマさんの一撃も受け止めた」

「……」

「？　ユウヤ？」

以前の俺なら、オーマさんの攻撃を受け止めたというだけで、もはや手も足も出ないと絶望していただろう。

しかし、ゼノヴィスさんのいる時代に飛ばされ、そこで虚竜を一緒に倒し、ゼノヴィスさんから虚神《うつろがみ》との戦いに推薦された以上、ここで怖気《おじけ》づくわけにはいかなかった。

『ユウヤ、お前……』

オーマさんは俺の様子に何か気付いたようで、言葉を失っている。

すると、『邪』の男は、右腕を突き出し、そこに魔力や『邪』のエネルギーを集中させた。

「消えろおおおおおおおおお！」

その一撃の威力は、かつて戦ったアヴィスが放った攻撃以上であり、このまま【大魔境《だいまきょう》】のどこかに着弾すれば、今度はこの土地すべてが消し飛ぶだろう。

極限まで圧縮された一筋の攻撃を冷静に見つめ、俺は【全剣】を上段に構える。

そして――――。

「――――！」

――――斬る。

ただその一心で、剣を振り下ろした。

振り下ろした剣は男の放った光線とぶつかると、ほんの一瞬拮抗《きっこう》したのち、そのまま攻撃を斬り裂いた。

「…………あり、えぬ……」

光線を斬り裂いた俺の一撃は、『邪《じゃ》』の男にまで届いており、無事だったもう半身に重傷を負わせていた。

そのまま男が膝をつくと、突然、男の体を光の粒子が包み始める。

「ま、まさか……元の時代に戻るというのか……⁉　こうしてヤツのいない時代に来られたというのに……！」

男は、今までの余裕が嘘《うそ》のように叫び始めた。

「お、おい！　誰か！　誰でもいい！　我の傷を癒せ！　ああ、消える、消えてしまう！　嫌だ！　こ、こんな状態でヤツに勝てるはずが――――」

最後の最後まで必死に足掻《あが》いた男だったが、今回の騒動の原因となった邪教団の姿はいつの間にかなくなっており、結局誰にも助けてもらえず、そのままゼノヴィスさんのいる時代まで帰っていくのだった。

「……終わった、かな？」

「ユウヤ！」

「わふ！」

「ふご！」

「ぴぃ！」

「わっ⁉」

ユティを含め、皆《みんな》から抱き着かれた俺は、何とか倒れずに受け止めた。

「あ、あはは……ただいま」

「疑問。ユウヤ、一体どこに――――」

ユティが不思議そうに首を傾《かし》げた瞬間、何だか既視感のある状況に遭遇した。

それは……。

「――――ぁぁあああん！」

「え？」

空から降ってくる声。

「ユウヤさああああああああん！　迎えに来ましたよおおおおおお！」

全員が声の方に視線を向けると……そこにはすさまじい勢いで降ってくる、ラナエルさんの姿があるのだった。

＊＊＊

一方、地球では――――。

「白井《しらい》。この情報に間違いはないのよね？」

「そうでございますね」

「それなら、わたくしたちにもチャンスがあるはずですわ……！」

彼女が手にしていた【王星学園《おうせいがくえん》】の資料には、優夜の写真が貼られており、今までの経歴を含め、事細かな情報が記されている。

「彼が【日帝学園】に転入さえすれば、もはや王星学園など怖くもありませんわ！　白井、今すぐ彼をスカウトしに行くわよ！」

「かしこまりました」

――こうして、地球でもまた、優夜を巡る新たな動きが始まるのだった。

＊＊＊

優夜に重傷を負わされたまま、元の時代に帰ってきたイヴィル。

「がはっ⁉」

元いた時代に戻ったと同時に、優夜から受けた傷口が大きく開き、膝をつきながら吐血する。

「く、クソがっ！　この……この我がこのような……！」

必死にもがき、何とか立ち上がると、イヴィルは少しでも傷を癒《いや》すべく、その場を離れようとする。

「い、急いで傷を治療しなければ……！　くぅ……あんな訳の分からぬ存在に、我がこんな重傷を……この借りは絶対に――――」

「――――何を言っている？」

「っ⁉」

淡々と投げかけられた言葉に、イヴィルは体を硬直させた。

それは今まさに、イヴィルが最も避けるべき相手である、ゼノヴィス本人の呼びかけだった。

「ぜ、ゼノヴィスぅぅぅぅぅう！」

「ふむ。貴様を斬ろうとしていたはずだが、すでに死にかけているとはな……」

不思議そうな表情を浮かべつつ、ゼノヴィスはイヴィルの傷口を目にすると、かすかに目を見開き、笑みを浮かべた。

「……ほう。素晴らしい。どうやら私に届く、剣の使い手がどこかにいるのだな」

「お前さえ……お前さえいなければああああああああ！」

イヴィルは残った体力をすべて使い、全身全霊の一撃を放つ。

だが――。

「何を言ってるのか分からん」

一閃《いっせん》。

イヴィルは何が起きたのか理解すらできなかった。

己の全力が、ただ無造作に放たれたゼノヴィスの一撃で斬り裂かれ、気づけば首に一筋の線が走っていたのだ。

「ば、馬鹿な――」

イヴィルの頭は胴体から転がり落ち、そのまま光の粒子となって消滅した。

その様子を見届けたゼノヴィスは、静かに自分の手を見つめた。

「……妙な感覚だ。ただ『邪』を倒しただけだというのに、言いようのない満足感を覚えている。まるで何か面白い体験をしたような——」

ゼノヴィスは静かに呟《つぶや》くと、微笑《ほほえ》みを浮かべた。

「……そうだな。この気持ちのまま、また新たな魔法を研究してみるのもいいかもしれん。例えば……ここと違う世界へと渡る魔法、とかな——」

ゼノヴィスは早速そう決めると、その場を後にするのだった。

あとがき

この作品をお手に取っていただき、ありがとうございます。

作者の美紅《みく》です。

早いもので、第10巻となりました。

これも、ここまで読んでくださっている読者の皆様のおかげです。

そんな記念すべき第10巻ですが、優夜にとってすべての始まりとも言える、賢者がついに登場しました。

元々、賢者をどこかで出せればいいなと思っていましたが、このタイミングで登場するとは私も思っていませんでした。

賢者の設定自体も何となく考えてはいましたが、いざ執筆を始めると、とても楽しく書くことができました。

とはいえ、無計画なところは今回も変わらず、気づけばすごい展開になっており、自分でも驚きました。

ただ、ここまで楽しく賢者の物語を書くことができて、本当によかったと思います。

また、地球側では、メルルがついに王星学園に転入してきました。

実際、宇宙人が地球に来たらどうなるのか分かりませんが、宇宙空間を自由に移動できるだけの技術があれば、大概のことはできるだろうなぁと、書きながらつい考えてしまいました。

そして、地球側のメインイベントである体育祭も、賢者の物語と同じく、非常に楽しみながら書くことができました。

自分で書きながら、こんな体育祭なら私も参加してみたいなぁと、つい考えてしまいます。

何はともあれ、この第10巻は、今までの巻の中でも、特に楽しみながら書くことができたような気がします。

ただ、いつものごとく次の展開は特に考えていないので、どうなるのかは私にも分かりませんが、楽しみにしていただければと思います。

さて、今回も大変お世話になりました担当編集者様。

毎回、カッコいいイラストを描いてくださる桑島黎音《くわしまれいん》様。

そして、ここまでお付き合いくださっている読者の皆様に、心より感謝を申し上げます。

本当にありがとうございます。

それでは、また。

美紅

お便りはこちらまで

〒一〇二-八一七七
ファンタジア文庫編集部気付
美紅（様）宛
桑島黎音（様）宛

富士見ファンタジア文庫

異世界《いせかい》でチート能力《スキル》を手《て》にした俺《おれ》は、
現実世界《げんじつせかい》をも無双《むそう》する10
～レベルアップは人生《じんせい》を変《か》えた～

令和４年３月20日　初版発行
令和５年３月10日　５版発行

著者——美紅《みく》

発行者——山下直久
発　行——株式会社KADOKAWA
〒102-8177
東京都千代田区富士見2-13-3
0570-002-301（ナビダイヤル）
印刷所——株式会社KADOKAWA
製本所——株式会社KADOKAWA

※定価はカバーに表示してあります。
●お問い合わせ
https://www.kadokawa.co.jp/（「お問い合わせ」へお進みください）
※内容によっては、お答えできない場合があります。
※サポートは日本国内のみとさせていただきます。
※Japanese text only

ISBN978-4-04-074249-6 C0193 ◆◇◇

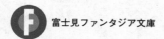

切り拓け！キミだけの王道
ファンタジア大賞
原稿募集中！
賞金
《大賞》300万円
《金賞》50万円
《銀賞》30万円
選考委員
細音啓 「キミと僕の最後の戦場、あるいは世界が始まる聖戦」
橘公司 「デート・ア・ライブ」
羊太郎 「ロクでなし魔術講師と禁忌教典《アカシックレコード》」
ファンタジア文庫編集長
前期締切 8月末日
後期締切 2月末日
公式サイトはこちら！ https://www.fantasiataisho.com/
イラスト／つなこ、猫鍋蒼、三嶋くろね